スキキライ

原案／HoneyWorks
著／藤谷燈子

18184
角川ビーンズ文庫

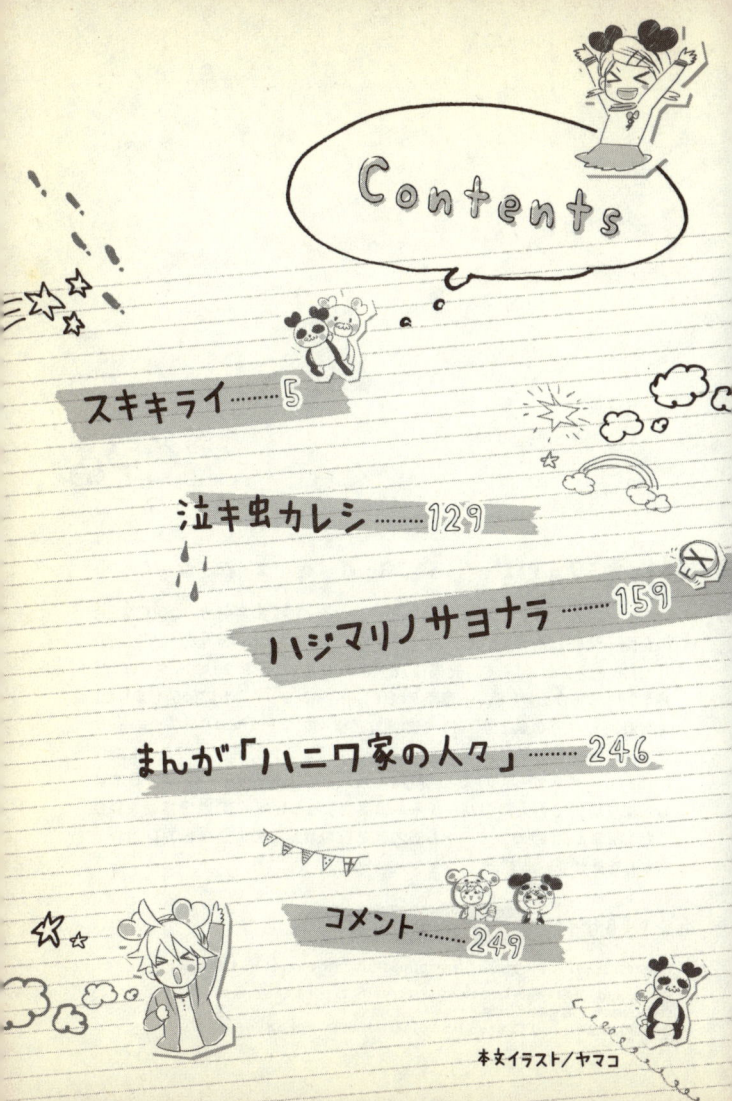

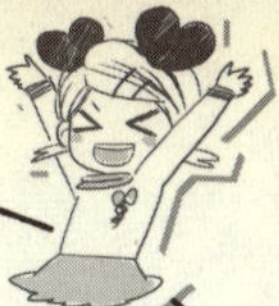

Contents

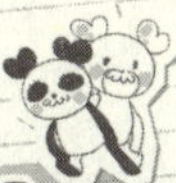

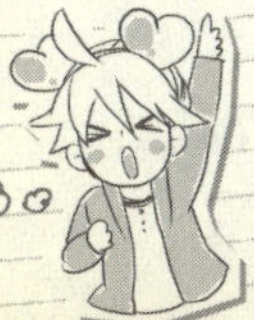

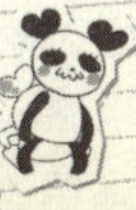

本文イラスト／ヤマコ

『初音ミク』とは ☆・☆・☆・☆・☆・☆・☆・☆・☆・☆

『初音ミク』とは、クリプトン・フューチャー・メディア株式会社が、2007年8月に企画・発売した「歌を歌うソフトウェア」であり、ソフトのパッケージに描かれた「キャラクター」です。発売後、たくさんのアマチュアクリエイターが『初音ミク』ソフトウェアを使い、音楽を制作して、インターネットに公開しました。また音楽だけでなく、イラストや動画など様々なジャンルのクリエイターも、クリプトン社の許諾するライセンスのもと『初音ミク』をモチーフとした創作に加わり、インターネットに公開しました。その結果『初音ミク』は、日本はもとより海外でも人気のバーチャル歌手となりました。3D映像技術を駆使した『初音ミク』のコンサートも国内外で行われ、その人気は世界レベルで広がりを見せています。

☆WEBサイト http://piapro.net

「初音ミク」「鏡音リン・レン」「巡音ルカ」「MEIKO」「KAITO」は、同じくクリプトン社から発売されたソフトウェアです。

「スキキライ」は、楽曲「スキキライ」「泣キ虫カレシ」「ハジマリノサヨナラ」を原案としています。

「初音ミク」「鏡音リン・レン」「巡音ルカ」「MEIKO」「KAITO」の公式の設定とは異なります。

スキ
キライ
すきらい

「新入生に告ぐ！　あそこで目を潤《うる》ませてる音崎鈴《おとさきりん》という名の天使は、オレの彼女になる予定だから、手を出さないよーに。あっ、もちろん惚《ほ》れるのもナシで」

ありえない。信じられない。

何が、どうして、こうなったんだろう。

全校生徒が集まる体育館の舞台《ぶたい》上で、スポットライトに照らされた加賀美蓮《かがみれん》が高らかに宣言した。考えられないタイミングのあるまじき内容に、頭がくらくらして今にも倒《たお》れそうだ。
ぼう然とするわたしに、ステージ上から諸悪の根源が満面の笑《え》みで手をふってくる。

こうして地味なわたしの高校生活は、とあるチャラ男のせいで、にわかに騒《さわ》がしくなることが決定してしまったのだった。

『そっち手伝えなくてゴメンね。鈴のクッキー、楽しみにしてる♥』

♥ ✧ ♥ ✧ ♥

クッキーが焼き上がるのを待っていると、親友の千歌《ちか》からメールが届いた。
千歌は同じ家庭科部のメンバーであり、生徒会役員も務めている。
それも、二年生なのに副会長だ。
今日だって、新入生歓迎会《かんげいかい》で生徒会長と一緒《いっしょ》にステージに立つことになっている。

明るくて、やさしくて、自分の意見をはっきり言える千歌。
ぶっちゃけ地味で人見知りなわたしとは、住む世界が違《ちが》うタイプだと思う。
それでもこんなに仲良くなれたのは、彼女が毎日根気強く声をかけてくれたから。

『全然気にしないで。千歌こそ、司会がんばって！　あと、クッキーは新入生用だからね？』

激励《げきれい》のメールを打ち返すと、一息ついたわたしは窓の外をぼんやり眺《なが》めた。

家庭科室から葉桜を見るのは、これで二度目だ。

(今年は開花が遅《おそ》かったから、入学式は桜吹雪《さくらふぶき》がキレイだったんだろうなぁ)

丘《おか》の上にある私立逢坂《あいさか》学園は敷地《しきち》内にも緑が多くて、校門から校舎まで続く桜並木は、受験生にも人気だった。かくいうわたしも、入学案内のパンフレットで一目ボレしたんだけど。


「鈴、そろそろ焼き上がりそー?」

ドアが開いて、部長がひょこっと顔をのぞかせた。

わたしは慌《あわ》ててイスから立ち上がり、オーブンへと駆《か》け寄る。

「あっ、はい! あと五分くらいです」

「よしよし、それなら余裕《よゆう》で放課後に間に合うね」

今日はこのあと体育館で新歓《しんかん》があり、部活紹介《しょうかい》が行われることになっていた。

そして放課後になると、新入生たちが興味のある部活へ説明を聞きにやってくる。

このクッキーは、彼らへのワイロ……じゃなくて、お茶うけだ。

「にしても、こんなに作ったら余っちゃいません？」

「今からそんな弱気で、どーすんの！　いい？　私の華麗《かれい》な部活紹介で新入生の気を引き、見学に来たヤツらの胃袋《いぶくろ》を、あんたのクッキーで一人残らずゲットするんだからねっ」

「一人残らずって……」

「たしかに一人残らずは無理か、軽音部がいるもんね。新入生たちの中には、彼らのファンだからって追っかけ受験してきた子もいるみたいだし」

「……やっぱ今年もそうなんですね」

逢坂学園軽音楽部ことハニーワークス、通称《つうしょう》ハニワは県内でも有名なバンドだ。

ハニワに憧《あこが》れて入学する生徒は後を絶たず、かくいうわたしも中学時代にハマった一人。

もっとも、当時は加賀美蓮じゃなくて未来《みく》さんという歌姫《うたひめ》が率いてたんだけど。

「マジで今日の新歓ライブ、めちゃくちゃ楽しみなんだけど！　鈴も待ちきれないでしょー」

「そりゃあ、ウチの目玉ですし……」

「ふふっ。これでまた、王子のファンが増えちゃうね～」

この学園で王子なんてあだ名で呼ばれているのは、たった一人だけだ。

わたしは呼んだことないし、今後も一切《いっさい》ない。

「そういえば鈴、王子と同じクラスになったんだって？　やったじゃん」

「……ちっともよくないです」

どうしようもなく気が重たくて、自然と地を這《は》うような低い声が出た。

何しろ加賀美蓮は、半年も続くわたしの悩《なや》みの種なのだ。


たしかにわたしはハニワのファンだし、彼の歌声もスキだ。

だからって、別に近づきたいなんて思ったことはない。断じてない。

遠巻きに見てるだけで充分《じゅうぶん》だったのに、なぜか去年の文化祭以来、追いかけ回されている。

王子様扱《あつか》いの彼に必要以上に構われることで、平穏《へいおん》な日々はあっけなく崩《くず》れ去った。


あのチャラ男……。

ささやかだけどおだやかな、わたしの日常を返せ！

「なるほど。はずかしがり屋の鈴には、王子の猛《もう》アピールは荷が重いか」

「……なんの話です？」

「誤魔化《ごまか》したってムダだよ、ウワサは三年まで回ってきてるんだから」

「えっ……」

「蓮くんって去年、休み時間のたび鈴のクラスに顔を見せにきてたんでしょ？　廊下《ろうか》ですれ違うときは、大声で名前呼びながら手をふってたって聞いたし」

「忘れてください、今すぐ記憶《きおく》から抹消《まっしょう》してください」

「そんなにイヤなんだ？　……ずっと聞きたかったんだけどさ、何がきっかけだったの？」

「こっちが聞きたいくらいです！」

からかわれてる理由なんて、そんなの知らない。

単純に、楽しいから？　それとも、いやがらせ目的とか？

なんにせよ、迷惑行為《めいわくこうい》は即刻《そっこく》止めてもらいたい。

「ねえ、鈴……。彼氏だ、デートだって表立ってはしゃげるのは、二年生までだよ？」

「……でもわたし、そういうのは当分いいです」

「ええー？　彼氏ほしくないの？」

「……はあ、まあ……」

部長の言葉を完全には否定できなくて、あいまいに笑ってみせる。

中学のときはそうでもなかったけど、高校生になると周囲に彼氏彼女が増えていた。

何かっていうと恋《こい》バナを聞くし、わたしもまったく興味がないわけじゃない。


でも、なんていうか……。

初恋《はつこい》もまだのわたしには、どれもこれもピンとこないんだよね。

友だちに相談されても、まるでドラマとか小説の世界の話みたいだなって思っちゃうし。

鈴は好きな人いるの？　どんなタイプが好き？　って聞かれても、全然答えられないし。


「そういう部長こそ、どうなんですか？　前に、あこがれの人がいるって言ってましたよね」

「私はいいの。だってとっくに卒業しちゃってるもん。海斗《かいと》先輩《せんぱい》っていって、私が一年生のときに軽音部の部長だったんだよね」

二年前ってことは——。
部長の言葉に、ドクンと鼓動《こどう》が跳《は》ねる。

「未来さん！　歌姫の未来さんもいましたよね⁉」

「へ？　ああ、うん、私の一個上だからね」

「そっか、そうですよね！　いいな、うらやましい！」

「鈴もそんな大きな声、出るんだね……。何、未来先輩のファンだっけ？」

「はいっ。未来さんが逢坂の軽音部にいたって聞いて、それで受験したくらいです」

未来さんは、逢坂学園が誇《ほこ》る伝説のディーバだ。

高校在学中にスカウトされ、卒業を待たずに上京し、そのままプロの仲間入りを果たした。

メジャーデビュー曲からずっとランキング一位の常連で、今年はアリーナクラスのライブツアーが決定している。しかも海外のフェスにも呼ばれていて、本格的に進出するんじゃないかってウワサもあるくらいだ。

「未来先輩の十分の一でもいいから、王子にも興味持ってあげればいいのに」

「お断りします」

「あーあ、こりゃ前途《ぜんと》多難だわ。これから新歓なんだから、笑顔《えがお》キープしてよ？」

「ど、努力します」

「そうしてください。んじゃ、全力で新入部員を確保しにいくわよっ」

❤ ✧ ❤ ✧ ❤

新入生歓迎会《かんげいかい》は、例年になく盛り上がった。

部長の説明に一年生たちの反応も上々で、この分なら放課後は忙《いそが》しくなりそうだ。

「さて、本日最後の部になります。お待ちかねの『あの人たち』をお呼びしましょう。逢坂学園が誇る、軽音部の登場です！」

司会の千歌の紹介《しょうかい》を聞き、全校生徒が歓声《かんせい》と共に一斉《いっせい》に立ち上がる。

それを合図に、ゆっくりとステージの幕が上がっていく。


「──ようこそ、逢坂学園へ──」

スポットライトに照らされ、王子ことボーカルの加賀美蓮が微笑《ほほえ》む。

ギターを抱《かか》えてスタンドマイクの前に立ってるだけなのに、存在感がハンパない。

ただそこにいるだけで、圧倒的《あっとう》なオーラを放っているのがわかる。

「新入生も、遠慮《えんりょ》なく盛り上がっちゃって」

大歓声に包まれながら、ハニワのライブがはじまった。
一曲目は、定番ともいえる『竹取オーバーナイトセンセーション』。
メンバーが煽《あお》るまでもなく、イントロで客席から手拍子《てびょうし》が巻き起こった。

続いては『告白予行練習』という新曲だった。
はじめて聴《き》くのに、さわやかなメロディーとカワイイ歌詞が耳から離《はな》れない。
(この音の感じ……。きっとこれも、加賀美蓮が作ったんだろうな)

最後の一音が鳴り、三曲目に入る前にMCがはじまった。
曲のことやバンドメンバー、そして軽音部の活動について紹介されていく。
新入生たちは圧倒されたのか、ほかの部のときのように咳払《せきばら》いひとつ聞こえてこない。

代わりに、いつもの『王子親衛隊』の子たちがにぎやかだった。

「こっち！　こっち向いて、王子！」

「王子、カッコイイ！　手ふって！」

加賀美蓮を王子と呼ぶ彼女たちの様子は、アイドルの追っかけを見てるみたいだ。

(定期ライブなんかでは、ペンライトもふるらしいけど……)

今日は会も会だし、これでも遠慮したほうなのかもしれない。

当の本人も一度ぺこりと頭を下げたくらいで、ファンの子たちには反応しないでいる。


「――というわけで、次がラストになります」

いつの間にか部活紹介が終わっていた。加賀美蓮の言葉に、メンバーが楽器を構える。

そして次の瞬間《しゅんかん》、彼はアカペラでうたいだした。


『これで終わりね泣かないの』


曲名は言わなかったけど、すぐにわかった。

(『泣キ虫カレシ』だ……！)

未来さんのデビューシングルの、シークレット・トラックに収録されていた曲。
もとからスキだったけど、去年の文化祭で加賀美蓮がうたうのを聴いて以来、耳から離れなくなった。

友だちなのか、恋人《こいびと》なのか。
それとも、あいまいな関係なのか。
切ない歌詞には、二人の別れが描《えが》かれている。

（一度でいいから、未来さんがうたってるとこも見てみたかったな）
そう思う反面、この曲は加賀美蓮にぴったりな気もするから不思議だ。
まるで、彼のためにつくられたかのように。

（ああ、また……どうしよう、もう……）
頬《ほお》に熱いものが伝って、わたしは自分が泣いていることに気づく。
やだな。去年の文化祭でも、彼の歌声で泣いちゃったのに。
指先でぬぐってもぬぐっても涙《なみだ》は止まらず、さらに胸がぎゅっとしめつけられる。

（隣《となり》の子も、泣いてる……）
暗い体育館の中じゃよく見えないけど、目を潤《うる》ませてる子はほかにもいると思う。
彼の歌声は、誰《だれ》かの記憶《きおく》にそっとふれるような不思議な力があるんだ。

（……実際の加賀美蓮は、ただのチャラ男なのに）
今日は新歓《しんかん》だからMCも抑《おさ》え気味だっただけで、いつもはもっとはっちゃけてるし。
ギャル男とまでいかなくても、充分《じゅうぶん》ノリが軽かった。
女の子たちが面と向かって王子なんて呼ぶのも、本人が笑って受け入れてるからだ。

そんなことを考えていると、ステージ上の彼と目があった気がした。
びっくりして、息がつまる。
金縛《かなしば》りにあったみたいに動けずにいると、ふっと向こうが目を閉じた。

――そのあとのことは、よく覚えてない。
キーボードが最後の一音を鳴らし、少し遅《おく》れて拍手《はくしゅ》と歓声があがった。

きっとみんな、曲の余韻《よいん》にひたっていたんだと思う。
わたしも、周りの音に気づいてようやく我に返って手を叩《たた》く。
興奮さめやらぬ中、加賀美蓮はマイクをスタンドからもぎとった。
もしかしてアンコール？　まだうたってくれるの？
みんなが期待にわく中、わたしもドキドキしながらステージを見上げる。

「ごめーん、肝心《かんじん》なこと言い忘れてた」
体育館中の視線を一身に浴びながら、加賀美蓮がにっこり笑う。

――次の瞬間。
とんでもない言葉を続けた。

「新入生に告ぐ！　あそこで目を潤ませてる音崎鈴という名の天使は、オレの彼女になる予定だから、手を出さないよーに。あっ、もちろん惚《ほ》れるのもナシで」

ご丁寧《ていねい》に、彼はわざわざステージ上からわたしのことを指さした。

いろんな種類の視線が、一斉《いっせい》にこっちに移動してくる。

(この男、ホントにサイテー！)

体中の血液が逆流するようなめまいを感じながら、同時に強烈《きょうれつ》な既視感《きしかん》に襲《おそ》われていた。

そう、これは——去年の文化祭とまったく同じだ。

今でこそ加賀美蓮は王子なんて呼ばれてるけど、入学当初は仔犬《こいぬ》って感じだった。背もわたしと変わらないくらいだったのに、GWを過ぎた頃《ころ》から、本人いわく「ようやく成長期がはじまった感じ?」らしい。

そうして迎《むか》えた文化祭のライブで、女子たちの間にファンクラブが誕生した。

同時に、加賀美蓮が……その……何かっていうとわたしを構うようになったのだった。

(あのときも、ステージ上の加賀美蓮と目があったかも? なんて思ったんだよね)

実際のところはわからないけれど、そのあと後夜祭で本人から声をかけられた。

地味なわたしに、なんで学園の王子様が?

不思議に思いながらも、二人で話がしたいという彼にわたしはうなずいてしまっていた。

彼がうたった『泣キ虫カレシ』に感動したばかりだったから。

今にして思えば、これがすべてのはじまりだった。

「あの、話って何かな……」

「スキだ」

「え？」

「もう返事は決まってるはずさ」

「……ハイ？」


聞き間違《まちが》いだ、でなければドッキリ企画《きかく》か何かだ。

それまでまともに話したこともなかったのにいきなり告白とか、斜《なな》め上すぎる。

身構えるわたしに、加賀美蓮は真面目《まじめ》な表情で「彼氏彼女になろう！」と迫《せま》ってきた。

「だって、待って、なんで？　つきあうとか……」

「スキだ」

「……あ、あのねぇ……だから！　ちょっとは話聞いて、バカ——!!」

手を握《にぎ》られて軽くパニックになったわたしは、最後には半泣きで訴《うった》えた。

そうして千歌が偶然《ぐうぜん》近くを通りかかるまで、ありえない押し問答が続いたのだった。


以来、半ばストーカーのように追いかけ回されている。

高二になってからはクラスが一緒《いっしょ》になってしまい、ますます逃《に》げ場がなくなってしまった。

何より頭が痛いのは、周囲の視線が容赦《ようしゃ》なく注がれるようになってしまったこと。

男子はそうでもないけど、やっぱり女子は何かとシビアだ。

なんで蓮くんが、あんな地味な子に？

王子ってば、どこがいいわけ？

そんな風に、背後でひそひそと話しているのを何度も聞いたことがある。

だから、わたしのほうが知りたいんだってば！

心当たりなんて、これっぽっちもないんだってば！

彼女たちにそう言えれば、どんなに楽だろう。

「あーあ、ほんとショック……。蓮先輩《せんぱい》にあこがれて入学したのになぁ」

「でもまだわかんないじゃん。その『リン先輩』って人から、奪《うば》っちゃえばいいんだって」

新入生まで騒《さわ》ぎはじめてしまい、体育館は一気にうるさくなってしまった。

ステージ上で千歌たちが収拾《しゅうしゅう》をつけようと頑張《がんば》っている姿が、やけに遠く見える。

わたしの理想の高校生活が、おだやかな生活が……。

すごいスピードで、どんどん遠ざかっていく。

このとき、気が遠くなりそうなわたしは予想もしなかった。

加賀美蓮と一緒に、もっとにぎやかで騒がしい生活を送ることになるなんて――。

GW明けの教室は、プールのあとみたいな気だるい空気で満ちていた。
どんよりとした気分とは裏腹に、窓の外は今日も五月晴《さつきば》れだ。

(ほんと、クジ運ない……)

高二になってはじめての席替《せきが》えは、加賀美蓮の隣《となり》という最悪の結果だった。

唯一《ゆいいつ》にして最大の救いは、前の席が千歌だってことだ。


「……千歌、今日って部活に顔出せそう?」

五限が終わり、わたしはそっと千歌の肩《かた》を叩《たた》いた。

「ごめん、ちょっと厳しいかも。球技大会の準備がねー……」

「謝ることないよ! もう来月だもんね。あっ、何か手伝えることあったら言って?」

「鈴ってば～! ホント、なんていい子なの……っ」

「わあ!? ちょ、ちょっと千歌……」

イスの上に膝《ひざ》をついた千歌が、腕《うで》を伸《の》ばして抱《だ》きしめてくる。

「会えない時間が愛を育てるとも言うし、私たちも大丈夫《だいじょうぶ》だよね?」

「マジないわー。千歌ちゃーん、それオレへの当てつけ?」

「あれ、蓮くんじゃーん。いたの?」

「いた、いた! 会話にも参加してた! ねっ、鈴ちゃん」

わたしは慌《あわ》てて顔をそらし、千歌のブレザーの袖《そで》をヒシッとつかんだ。

「蓮くん、これが答えよ」

千歌がアゴをしゃくり、加賀美くんが後ろをふりかえった。

わたしも怖《こわ》いもの見たさで、ついつい窓際《まどぎわ》のグループへと視線を送ってしまう。

(……あれって、やっぱにらんでるよね……)

クラスでも一際《ひときわ》目立つ彼女たちは、加賀美蓮のファンだ。

ファンクラブでは抜《ぬ》け駆《が》け厳禁を掲《かか》げているらしく、わたしはたびたび『厳重注意』を受けるハメになっていた。中には彼氏持ちの人もいたけど、追っかけは別腹なんだとか。

「ねえ、もう少し気を配れない？」

千歌が声をひそめ、ジロリと元凶《げんきょう》を見やる。

「それは無理な相談だなぁ。オレが鈴をスキなのは事実だし？　隠《かく》れてコソコソするほうが、よっぽどおかしいと思わない？」

「ハァ？　単に自分の気持ち押しつけてるだけじゃない。本当に鈴のことを思うなら、時と場所を選びなさいって言ってるの」

言い回しこそ違《ちが》うけど、わたしも千歌と似たようなことを訴《うった》え続けてきた。

でも、答えはいつも一緒。


「鈴が逃げずにオレのこと見てくれるなら、それでもいいよ」

笑顔《えがお》でおなじみの台詞《せりふ》を放ち、加賀美蓮はわたしの顔をのぞきこんでくる。

これじゃあ、いくら声のボリュームを落としても意味がない。

案の定、王子親衛隊の原岡《はらおか》さんたちから、おもしろくなさそうな声が聞こえてきた。

(思い切って無視しても、結局こうなっちゃうんだよね……)

一向に退《ひ》かない加賀美蓮、彼に抗議《こうぎ》する千歌、そして頭を抱《かか》えるわたし。

終わりの見えない三角形は、担任の先生がSHRをしにやって来るまで続いたのだった。

♥ ✧ ♥ ✧ ♥

また話しかけられる前にと、わたしは逃げるように廊下《ろうか》に出た。

部室へと急ぎ足で向かう途中《とちゅう》、スピーカーから校内放送を告げるチャイムが響《ひび》いた。

『──二年一組、音崎鈴。至急、音楽準備室まで来るように』

機械越《ご》しでも、有無《うむ》を言わせぬ迫力《はくりょく》は変わらないらしい。

声の主は、今年の春に赴任《ふにん》してきた、超《ちょう》スパルタで有名な音楽担当の芽衣子《めいこ》先生だった。

(なんで呼び出されたんだろう……?)

心当たりはないけど、とりあえず指定された場所へと急いだ。

恐《おそ》る恐る音楽準備室のドアをノックすると、中から機嫌《きげん》のよさそうな声が返ってきた。

「失礼します。あの、二年一組の音崎鈴ですけど……──えっ？　ええ⁉」

「はーい、どうぞ」

ご用はなんですかと聞こうとして、飛びこんできた光景に目を白黒させてしまう。

そこには芽衣子先生と、なぜかジャージ姿の加賀美くんの姿があった。


「待ってたわよ、期待の新入部員！」

イスから立ち上がり、満面の笑みの芽衣子先生に歓迎《かんげい》された。

ヒールを履《は》いているから、加賀美くんと同じくらいの目線の高さだ。

（ん？　この流れって……まさか、新入部員＝わたし⁉）

どういうことなんだろう。まったく事情が見えない。

チラッと加賀美くんに視線をやると、先生と同じようにうれしそうに笑っていた。

「入部届のほうも顧問《こもん》のサインはもう済んでて、あとは音崎が署名するばっかだから」

「あ、あの！　入部って、どこにですか？」

「軽音部に決まってるじゃない」

「えっと、わたし、家庭科部に入ってるんですけど……」

「ウチの学校、かけもち禁止じゃないでしょ？」

「そうですね。って、そういう話じゃなくて！」


このままじゃ強制的に入部させられそうで、わたしはとっさに大きな声を出していた。

途端《とたん》に、芽衣子先生がギラッと瞳《ひとみ》を光らせる。

（どうしよう、怒《おこ》らせちゃったかな……？）

「ねえ、音崎はさ……」

「は、はいっ」

「長いことピアノ習ってたんでしょ？　なら、作曲も編曲もかじったことあるわよね」

思いがけない言葉に、反応が遅《おく》れてしまった。

それでもなんとかうなずくと、いきなり両肩《りょうかた》をぐわっとつかまれた。

「加賀美と協力して、新曲をつくって！　あたしが見る限り、あんたが一番適任なの」

「む、無理です！　ピアノ習ってるっていっても、本当に趣味《しゅみ》程度ですし……」

「あたしが顧問になったからには、今年の文化祭でMVPをとるわよっ」

「そのために、鈴の力を貸してほしいんだ」

「……加賀美くんたちのバンドなら、今のままでもMVPをとれると思います。むしろ、わたしなんかがいたら足をひっぱるだろうし……」

「オレは、鈴がいいんだ」

きっぱりとした、揺《ゆ》るぎない声だった。

「鈴じゃなきゃイヤだ。鈴じゃなきゃ、ダメなんだ」

こんなの反則だと思った。

目の前にいるのはいつものチャラ男じゃなく、どこまでも真剣《しんけん》な表情の彼だった。

強い光を放つ澄《す》んだ瞳に見つめられ、わたしは視線をそらすこともできないでいる。

「ウチの部で最もMVPに近いボーカリストがそう言ってるんだけど、どう？」

芽衣子先生に声をかけられ、わたしは金縛《かなしば》りが解けたように首をめぐらせた。

干上《ひあ》がったのどからは、全然声が出てこない。

「……わ、わたしは……その……」

まごついていると、芽衣子先生はヒールをカツンと鳴らして加賀美蓮へと向き直った。

「それじゃあ、加賀美！　話は以上だから、外周行っといで」

「了解《りょうかい》でーす。鈴、またあとでね」

ウインクをひとつ残して、加賀美くんが準備室を出ていく。

その背中を追いかけようとして、今度はわたしの名前が呼ばれる。

「音崎！　あんたも入部届を書いたら、ジャージに着替《きが》えて走ってきな」

「へっ？　あの、でも、まだ入部するとは……」

「聞こえないな。なんだって？」

「…………謹《つつし》んで、署名させていただきマス」

♥ ✧ ♥ ✧ ♥

ほぼ強制的に軽音部に入部することになってから、一週間が過ぎた。

今日もなんとか外周と筋トレを終え、視聴覚室《しちょうかく》のカーペットに座りこむ。

防音設備のあるこの部屋が、ハニワの練習室だ。


「わっ⁉　冷た……っ」

頬《ほお》にヒヤッとしたものがあたり、わたしは身体《からだ》をすくませる。

ふりかえると、ムダにさわやかな笑顔《えがお》の加賀美くんがしゃがんでいた。

いつのまに自販機《じはんき》まで買いに行ったのか、手にはペットボトルがにぎられている。


「鈴は水のほうがいいんだよね。はい、どーぞ」

「……ありがと」

初日こそ「いらない」「遠慮《えんりょ》しないで」の応酬《おうしゅう》だったけど、加賀美くんがちっとも退《ひ》かないのがわかって、最近では素直《すなお》にもらうことにしていた。

（これくらいなら、いいよね……？）

別に気を許したワケじゃない。今から頭脳労働が控《ひか》えているから、省エネモードだ。

「あ、いい匂《にお》いがする。今日はなんだろ」

クールダウンのためか窓を開けた加賀美くんが、いきなり上半身を乗り出した。

気になって、わたしも隣《となり》の窓を開けて顔を出してみる。

「……たぶんチーズケーキじゃないかな。フロマージュ・ブランを使ったやつ」

「フロマージュ？　って、なんだっけ？」

「フランス語で『白いチーズ』っていう意味でね、ケーキとかお菓子《かし》に使われることが多いかな。フルーツとかジャムと一緒《いっしょ》に、ヨーグルトみたく食べることもあるね」

「そうなんだ。オレ、食べたことないかも」

「文化祭でウチに来たら食べれるよ。なんなら、今から予約しておく？」

「ぜひお願いします」

加賀美くんが間髪《かんはつ》いれずにうなずくから、わたしは慌《あわ》ててケータイを取り出す。

忘れないようにメモして、あとでちゃんと部長にも話をしておこう。

これは冗談《じょうだん》ですませちゃ、さすがにかわいそうな気がする。

（部の売り上げにもつながるんだし、別にいいよね）

「…………り、鈴ちゃーん？」

「何？ ちょっと待って、もう打ち終わるから」

「ムリ、待てない！」

「へ？ ちょっ、わあああああ⁉」


カッと目を見開いた加賀美くんが、わたしのケータイに飛びついた。

もっと正確に言えば、ピンクのストラップに。

「これ、スキキライ キュンキュンストラップ⁉ 厳選なる抽選《ちゅうせん》で選ばれた者しか手に入れられなかった、幻《まぼろし》の……！」

「……そ、そうだよ。ずいぶん詳《くわ》しいんだね」

若干《じゃっかん》引き気味になりながら、わたしはコクンとうなずいた。

このパンダとクマが可愛《かわい》いお守り型のストラップは、ブルーとピンクでワンセット。

その名も、リア充《じゅう》ストラップとキュンキュンストラップだ。

HoneyWorks
HoneyWorks

「キュンキュンを持ってるってことは、リア充のほうも持ってるんだよね？　もう誰《だれ》かに渡《わた》しちゃった？　まだならオレに！　間違《まちが》って渡しちゃったなら、回収に行こう……っ」

「その手には乗らないから！　このストラップと一緒に告白すると、永遠にキュンキュンできてリア充になれるって伝説、わたしも知ってるから！」

お互《たが》いに一息で言い切って、ゼーハーと肩《かた》で息をする。

加賀美くんからケータイを避難《ひなん》させて、剣豪《けんごう》同士みたいに間合いをとっていく。

しばらくしてあきらめたのか、加賀美くんがふっと構えを解いた。

「……気になってるよね、家庭科部《むこう》のこと」

「申し訳なさそうな顔しなくていいよ、白々しい。そんなことより、クールダウンはもう充分だよね。というわけで、一刻も早く曲を完成させましょう」

「えっ、何、ずいぶんはりきってるねー。そんなにオレといるの、イヤ？」

「一切《いっさい》オブラートに包まず、赤裸々《せきらら》に答えるけどいいかな」

「鈴ってば、つーめーたーいー」

加賀美くんは不満げに頬をふくらませるけど、こっちはそれどころじゃない。

親衛隊のみなさんからの視線が、日に日に鋭《するど》さを増している。曲ができたらお払《はら》い箱《ばこ》という事実だけが、わたしの身を守っているようなものだった。

(ほかのメンバーも同席してくれたら、また違《ちが》うんだろうけど……)

ライブ前に集中して活動するスタンスらしく、普段《ふだん》は週一回集まる程度だという。

さらに加賀美くんが曲づくりに入ると、ほかの人たちは自主練習のターンになるらしい。

「……加賀美くんは曲をつくってる間、誰かに相談したくなったりしないの?」

「だから鈴に頼《たの》んだんじゃん」

「じゃなくて、バンドのメンバーに」

「あいつらには、できあがってからアレンジの相談する感じかな」

「今回もそれじゃダメなの?」

「言ったじゃん、MVPがとりたいって。そしたら、今までと同じじゃ意味がない」

(だったら、曲づくりからメンバーと一緒にやればいいのに)

とくにベースの弦巻奏音《つるまきかなた》くんとは、親友って感じに見えた。

わたしなんかよりずっと気が合うだろうし、何より即戦力《そくせんりょく》になるはずだ。


「……ねえ、どうしてわたし？」

「新曲のテーマが降ってきたとき、鈴じゃなきゃダメだなって思ったから」


いつのまにか、すぐそばまで加賀美くんが近づいてきていた。

彼の澄《す》んだ瞳《ひとみ》に映る自分の姿まで見える。

目がそらせずに、わたしは息を押し殺して次の言葉を待った。

そして、ゆっくりと加賀美くんが口を開き――。


「発表します！　今度のテーマは、ずばり『恋《こい》』です」


「無理」

「えっ、即答《そくとう》？　もう少し真剣《しんけん》に考えてみてよ」

「無理なものは無理。だってわたし、初恋《はつこい》もまだ……だし……」

言いながら、サーッと血の気が引いていくのがわかった。

最悪だ、口がすべった。初恋もまだなんて、絶対からかわれる！

「……今の、本当？」

うつむくわたしに、加賀美くんの落ち着いた声が降ってくる。

（これは……からかわれるんじゃなくて、ひかれた……？）

ヤバイ。だったら逆に、笑いに変えてしまったほうがいいのかもしれない。

「そうだけど？」

「……そっか、そうなんだ……」

（いやいや、そこはノッてよ！）

思わずツッコミを入れたけど、バカにしたような空気は感じられなくて。

さすがの彼も、その手のデリカシーはあったみたいだ。

「じゃあさ、初恋相手はオレにしない？」

前言撤回《てっかい》。チャラ男だ、彼は歪《ゆが》みなくチャラ男だ。

わたしは深呼吸し、一気にまくしたてる。

「それこそ無理、絶対無理、何がなんでも無理！」

「フッフッフ……。難攻不落《なんこうふらく》であるほど、燃えるよねぇ」

（真面目《まじめ》に聞いたわたしがバカだった……！）


これまでずっと逃《に》げ回ってきたから、加賀美くんのことはよく知らない。

まともに話すようになったのも、最近のことだ。

だから、本当にわからない。ノリなのか、悪ふざけなのか……。

彼はどうして、わたしにこだわるんだろう？


（……気にしない、気にしない。文化祭までの辛抱《しんぼう》だよ）

そう自分に言い聞かせて、わたしはキーボードを弾《ひ》きはじめた。

新曲づくりを手伝うようになって、加賀美くんに関するいくつかの発見があった。
たとえば、本当に歌をうたうのがスキだってこと。
負けず嫌《ぎら》いだし、誰《だれ》が見てなくても練習をサボったりしないし、手も抜《ぬ》かない。

そして、これが一番の衝撃《しょうげき》だったんだけど……。

なんと！　加賀美くんは、鼻歌で作曲していたのでした。


「鼻歌で、どうやったらあんな素敵《すてき》な曲ができるわけ⁉」

「レコーダーに録音して、それを奏音たちに耳コピしてもらってた」

すっかりおなじみになってきた放課後の視聴覚《しちょうかく》室で、加賀美くんがこともなげに言う。

あっけにとられるわたしに、彼はさらに続ける。

「鈴って、絶対音感持ってるでしょ？　オレの鼻歌を譜面《ふめん》に起こせるし、その場でキーボード弾いてもらったのを録音すれば、あいつらも練習しやすくなるかなーって」

「……本気でＭＶＰを目指してるんだ」

「とーぜん！　保護者の票を獲得《かくとく》するには、勢いだけじゃ厳しいってのはよくわかったし」

「そっか、保護者の票は二倍で加算されるんだもんね」

「だから展示のクラスが有利なんだよな。あとは吹奏楽部《すいそうがく》とか、演劇部が常連」

「でも加賀美くんたちだって、去年 表彰《ひょうしょう》されてたよね？」

「特別賞をいただきましたよー。在校生の票数がトップだったってことで」

なるほど。だから余計に悔《くや》しくて、こんなに必死になってるんだ。

だけど加賀美くんにとっては、それだけじゃなかったらしい。

「それに未来が……。軽音部が唯一《ゆいいつ》ＭＶＰをとったのって、あの代だけなんだよね」

「あれ？　加賀美くんって、未来さんのこと呼び捨てなんだ」

何気なくつぶやいた言葉だった。

だけど声になった途端《とたん》、ドクンと鼓動《こどう》が跳《は》ねた。

一方の加賀美くんはといえば、めずらしく黙《だま》りこんでしまっている。

「えっと、その、別に呼び捨てが悪いって言いたいんじゃないんだ。ただ、そういえば加賀美くんは未来さんと会ったことがあるのかな、とか気になって」

「……オレは会ったことあるよ」

「へ、へぇ……。それってやっぱり、文化祭か何かで？　わたしたちが入学したときにはもう、未来さんは東京でデビューしてたもんね」

「というか、未来とは知り合いなんだ。近所に住んでたから」

わたしの中で、ぴたりとパズルのピースがはまった。

二人は知り合いで、加賀美くんは『泣キ虫カレシ』を託《たく》されたんだ。

そして後を継《つ》ぐように、文化祭で自分もＭＶＰをとりたいと思ってる。

（だったら、なんで……）

なんで、わたしなんかを入部させたんだろう？

ＭＶＰをとるための曲作りを、どうしてわたしが手伝ってるんだろう？

本当にわたしでいいのかな？


「……大丈夫《だいじょうぶ》かな、わたしで。別の人のほうがよくない？」

「は？　ちょっと待って。別の人って、曲づくりのこと言ってる？」

「わたしね、未来さんのファンなんだ。だから『泣キ虫カレシ』以外にも、たくさん素敵な曲をつくってるって知ってるし、ＭＶＰをとったっていうのも当然だと思う」

「だから、それに負けないように……」

「加賀美くんの曲も、歌声も、負けないくらい素敵だと思ってる。でも、今より上を目指してるんだよね。なら、もっと積極的に曲づくりに意見できる人を探すべきだよ」


（やっぱりムリだよ……わたしには……）

今すぐこの場を離《はな》れたい気持ちをぐっとこらえ、黙って加賀美くんの言葉を待った。

壁《かべ》時計の秒針だけが、やけに耳につく。

どれくらい経《た》ったのか、やがて加賀美くんがポツリ、ポツリと話しはじめた。

「オレの曲には足りないものがある……。それを、鈴が持ってるって気づいたんだ」

「それに、鈴の歌声好きなんだ。オレの鼻歌に合わせてうたってくれるたび、一緒《いっしょ》にステージに立ちたいって思うようになってた」

真剣《しんけん》なまなざしは、これまでのチャラい「告白」よりもずっと響《ひび》いた。

うなずけるなら、そうしたい。

だけどわたしなんかじゃ、加賀美くんには応《こた》えられないのはわかってる。

「オレの気持ちはもう言ったから、次は鈴の聞かせて？」

「……わたし、は……──」

「蓮、いるか？」

突然《とつぜん》ドアが開き、ベースの弦巻くんが顔をのぞかせた。

彼は瞬時《しゅんじ》に室内の空気を察知したのか、片眉《かたまゆ》を上げ「ん？」と首を傾《かたむ》ける。

「悪い、邪魔《じゃま》したか」

「ホントだよー。まさか奏音も、鈴を狙《ねら》ってるんじゃゃ……」

「おまえと一緒にするな、バカ。忘れ物だよ」

「えぇー？　クールビューティーが売りの奏音くんがぁ？」

「なんだ、それは。……まあ、忘れ物ってのはついでだけどな」

「ほら、みたことか！　たしかに鈴は世界一、いや宇宙一可愛《かわい》いけどっ」

「ついで違《ちが》いだ。なんか知らんが、そこの廊下《ろうか》で芽衣子先生が呼んでたぞ」

「んなこと言って、だまされ…………はぁああ⁉　おまっ、それ早く言えっての！」

芽衣子先生の名前を聞いて、加賀美くんは文字通り顔色を変えた。

慌《あわ》てて視聴覚室を出ていく背中を、弦巻くんがため息と共に見送る。

「ったく、あいつは……。騒《さわ》がしくて悪いな」

「さすがにもう慣れたかな」

「へぇ……。安心した、音崎も結構言うんだな。じゃあ、思い切って聞くけど……あいつの調子、どう？　作曲中はすげぇー神経質だからさ、ちょっと心配になったんだ」

「……そうなんだ」

なんだか意外だった。わたしの知っている加賀美くんとは、別人みたいだ。

（もっと聞いてみようかな……）

迷っているうちに、廊下を全力疾走《しっそう》する靴音《くつおと》が聞こえてきた。

あっと思ったときには勢いよくドアが開き、肩《かた》で息をする加賀美くんが叫《さけ》んだ。

「はい、そこまで！　鈴はオレのなの！　むっつり眼鏡と二人っきりにさせてたまるかっ」

「今の発言で正しいのは、俺が眼鏡をかけてることだけだな」

「加賀美くんって、妄想癖《もうそうへき》きわめちゃってたんだね」

「ひどい、あんまりだ！　鈴までそんなぁあぁーっ」

弦巻くんが帰ってから、わたしたちは曲づくりを再開した。

いろんなことがうやむやになったままだったけど、一度旋律《せんりつ》を奏《かな》でるとそれどころじゃなくなった。頭が空っぽになって、ただ曲のことだけしか考えられなくなる。

最終的に、芽衣子先生が見回りに来るまで続いたのだった。

(どうしよう、今日もいる……)

駐輪場《ちゅうりんじょう》から自転車をとってきたのに、加賀美くんは乗らずにわたしを待っている。

実は入部したその日から、どんなに断っても駅まで送ってくれていた。

自分とは反対方向の駅なのに、だ。

「鈴、お腹空《なか》いてない？　どっか寄ってく？」

「……わたし、ほかに寄るところがあるから。また明日ね」

「ちょっと待った！　ねえ、なんかあった？　つか、オレなんかした？」

わたしはなんでもない顔をして、黙《だま》って首をふる。

「なら、駅までは送らせてよ。用事が終わるまで待ってるからさ」

言うだけじゃダメだと思ったのか、加賀美くんは実力行使に出た。

手首をつかまれ、そのまま立ち止まるようにとひっぱられる。

「こんな時間に女の子一人で帰せないって」

視線を落としたまま、わたしはなおも首をふる。

「もしかして遠慮《えんりょ》してる？　鈴は気にしなくていいんだよ、オレがしたくてしてるんだもん」

うんともすんとも答えないでいると、加賀美くんがさらに言う。

「……なら、こうしよっか。お返しに、オレのこと名前で呼んで？」

「はい⁉」

「よかった、やっと口きいてくれた……」

それは聞いたこともないような、ひどくほっとした声だった。

びっくりして顔をあげるけど、逆光になって表情はよく見えない。

「ねえ、呼んでくれないの？」

もう無言は許さないとでも言うように、加賀美くんの手にわずかに力がこもる。

(……大きな手だなぁ……)

そんな場合じゃないってわかってる。

けど、頭に浮《う》かんできた素直《すなお》な感想だった。

ふれられた部分から熱が広がっていく気がして、うわずった声が出る。

「よ、呼ぶから放して!」

「じゃあ、どうぞ」

(えっ? 先に放してくれるんじゃないんだ……)

先に解放しちゃったら、わたしが逃《に》げるとでも思ってるのかもしれない。

「ねえ、鈴。まだ?」

「……れ、れん……蓮くん……」

言った。言ってしまった。

心臓が飛び出しそうなくらいバクバクいってて、痛いし、息苦しいし、最悪だ。

(これから、どんな顔でしゃべればいいんだろう……)

様子をうかがうと、蓮くんはもう片方の手で顔をおおっていた。

「蓮くん？　どうしたの？」

「……や、うん……想像以上の破壊力《はかい》だったっていうか……」

「破壊力？」

「うわ、ごめん！　手、にぎりっぱなしだった……」

微妙《びみょう》に会話になってないけど、蓮くんは約束通り手を放してくれた。

そして風邪《かぜ》をひいたみたいによろよろしながら、自転車を引いて坂道をおりはじめる。

(あーあ、結局駅まで一緒《いっしょ》に帰ることになっちゃった)

かといって、様子がおかしい蓮くんを一人にしておくのも気がひけた。

歩き慣れた通学路なのに、なんでもない段差に何度もつまずきそうになっている。

おまけに全然しゃべらない。

ときどき、思い出したようにポツリと話すくらいだ。

「……そういえば、寄りたいところって？」

（ヤバ、覚えてたんだ。今さら口実とは言いにくいし……）

わたしは不自然じゃない程度に視線を泳がせ、とあるお店を指さした。

「あそこの……そう、新しくできた雑貨屋さん！」

「へぇ、いつの間に……って、看板片づけはじめてるじゃん！　急ごう」

「ちょ、ちょっと蓮くん！　手ひっぱらないで……っ」

幸いにも、お店までは五分とかからなかった。

命拾いした気分だ、本当に。

「鈴？　中に入らなくていいの？」

「閉店準備で忙《いそが》しそうだし、今日は止《や》めとく……」

答えてる間にも、わたしの視線は窓際《まどぎわ》に飾《かざ》られたペンダントから離せないでいた。水晶《すいしょう》かな。全体は白っぽいのに、角度によって虹色《にじいろ》に光って見える。

「レインボークォーツだね」

「すごい！　蓮くん、知ってるの？」

「たった今だけどね。ほら、カードに解説書いてある」

「なんだ、感心して損しちゃった……っていうか！　なんでアレ見てるって……」

「だって鈴、じーっと見てるんだもん。ほしいの？」

「ほしくない！」

顔から火が出そうで、わたしはお店の前を足早に通りすぎた。

とくに慌《あわ》てた風でもなく追いかけてくる蓮くんが、間延びした声で話しかけてくる。

「素直になりなよー。あんなに見てたじゃない」

「……値札見た？　水晶って、天然ものはあんなに小さくても万するよ」

「げっ！　つか、詳《くわ》しいね。ああいうのスキなのは事実なんだ？」

「言われなくても、似合わないのはわかってるってば」

「何それ？　……鈴って、自分にはちょっと意地悪だよね」

「そんなことない」

「その言葉、そっくりそのままお返ししますー。鈴には絶対似合うよ、オレが保証する」

なんで蓮くんが自信満々なんだろう。

なんでわたし、うれしいって思ってるんだろう。

せわしない心臓をワイシャツの上から押さえ、不自然に声が震《ふる》えないように祈《いの》りながら言う。

「……蓮くんに保証されてもなぁ」

「ひっでー！　こう見えてもオレ、それなりに審美《しんび》眼《がん》あるからね？」

「ああ、それなりにね……」

「鈴ちゃん、拾うトコはそこじゃないよっ」

部長や千歌にするみたいにまぜっかえすと、蓮くんも乗ってきてくれた。

（……なんだ、こういう風にすればよかったんだ……）

ちょうどいい距離感《きょりかん》みたいなものに気づいてからは、会話も楽しくなってきた。

それこそ、駅までの道のりが短く思えるくらいに。

❤ ✧ ❤ ✧ ❤

長袖《ながそで》が半袖《はんそで》に替わり、夜が短くなって昼が長くなっていく。

週一で顔を出している軽音部にも居場所ができた頃《ころ》、学校は夏休みに突入《とつにゅう》していた。


「えっ！　蓮くん、バイトはじめたの⁉」

部活帰りに寄ったドーナツショップで、思わず大きな声が出た。

向かいの席に座る蓮くんが、「シーッ」と指を口に当てる。

「ゴメン、でもびっくりして……。部活と両立するの、大変じゃない？」

「へーき、へーき。夏休み限定だから。それよりさ、明日デートしない？」

「ズゴッ！」

驚《おどろ》いて、ストローがヘンな音を立てる。いや、わたしがやったんだけど。

当の蓮くんは、憎《にく》らしいくらい涼《すず》しい顔だ。


「お行儀《ぎょうぎ》が悪いなぁ。しかも、驚きすぎでしょ」

「デートって、その……急に言われても……」

「困っちゃうよね、女の子はいろいろ準備もあるだろうし。でも、大丈夫《だいじょうぶ》！　明日は芽衣子先生たちに頼《たの》まれた、おつかいに行くだけだから」

「……ハイ？」

「つまり、オレ的にはデートなんだけど、世間的には『買い出し』とも言うかなーって」


これ、ケンカ売られてる？　うん、確実に売られたよね。

わたしがアワアワするのを見て、ニヤニヤするのが目的だったに違《ちが》いない。


「一人で行けば？」

「ごめん、ごめん。買い出しっていうのが気に食わなかった？」

「その細腕《ほそうで》じゃ持ちきれないっていうなら、手伝ってあげてもいいけど？」

「オレと二人っきりじゃ、鈴が意識しちゃって断られると思ったからさー」

「はぁ!?　そんなわけないし！　明日の何時に、どこに集合？」

「さっすが鈴、話がわかるなぁ～。それじゃあ朝十時に、駅前でよろしく」


（できることなら、このまま回れ右して帰りたい……）

翌日、駅前の人混《ひとご》みの中で私服の蓮くんを見た瞬間《しゅんかん》、強烈《きょうれつ》にそう思った。


「鈴、そのワンピ可愛《かわい》いね、すごく似合ってる」

「……ドウモアリガトウ」

「あはは！　なんで片言？　もしかして照れてる？」

ご機嫌《きげん》な様子で笑う蓮くんを、この上なくうらめしい気持ちで見やる。

お世辞じゃないのかもしれないけど、わたしにとってはイヤミ以外の何ものでもない。

実況中継《じっきょうちゅうけい》するなら、周囲の視線は蓮くんに集中していた。

ジャカードデザインのカットソーに、七分丈《たけ》のジャケットをさらりと羽織った彼を、それこそ老若男女《ろうにゃくなんにょ》が二度見していく。

（蓮くんはそういうの、気にしてなさそうだなぁ……）

人に注目されるのはもう慣れっこなのか、極々《ごくごく》フツーに歩いている。

というか、今にも鼻歌をうたいだしそうなほどには機嫌がよさそうだった。

「こうして二人で歩いてると、オレら新婚《しんこん》さんぽくない？」

「寝言《ねごと》は寝て言おうか」

「住むのは渋谷《しぶや》の松濤《しょうとう》あたりがいいな。で、こどもは三人！」

「よし、歯ぁ食いしばろうか」

「ええー？　なんでこういうときだけ、めちゃくちゃ笑顔《えがお》なの？」

情けない声を出す蓮くんを放置する勢いで、駅を背にしてざっざか歩いていく。

だけど残念なことに、わたしは今日の目的地を知らないのだった。

「……おつかいって、どこで何を受け取ればいいの？」

「楽器屋でねぇ、芽衣子先生の指揮棒と、奏音のピックと……なんだっけな、取り寄せ伝票を預かってきたんだけど……あれ？　どこだ？」

　蓮くんはジャケットを探《さぐ》ってるけど、わたしの目にはサルエルパンツの後ろのポケットから紙が見えている。これは、場を和《なご》ますためのギャグなんだろうか。

　迷ったのは一瞬《いっしゅん》で、わたしは紙に手を伸《の》ばした。

「そっちじゃなくて後ろ」

「へ？　あ、ありがとう……。じゃあ、気を取り直して行きますか」

「どこに？」

「オレたちの新居へ！」

　まだ言うかっ。

　そうツッコもうと思ったのに、蓮くんの顔が真っ赤で言葉が引っこんだ。

よく見れば、耳も、首元まで赤い。

「……先に、どこかでお茶する？　少し冷やしたほうがよくない？」

「えっ、頭を冷やせってこと？　鈴ひどいよ～」

「あのねぇ、わたしは真剣《しんけん》に心配してるの！」

「鈴が！　オレを心配！　どうしよう、マジ泣きそう……」

ダメだ。いつも以上に会話が成り立たない。

（っていっても、わざと話をはぐらかしてるようにも思えないんだよね）

なんていうか、ふわっふわしてる感じ？

心ここにあらず、うわの空、浮《う》き足立《あしだ》ってる？

「とりあえず、最初におつかいをすませちゃわない？　で、そのあとどっかでお茶しよう」

気を取り直したように、蓮くんが颯爽《さっそう》と歩き出した。

これも素《す》でボケてるのか、それとも今度こそツッコミ待ちなんだろうか。目的地である楽器店の立て看板には、蓮くんの進行方向とは真逆の矢印が描《えが》かれている。

「ええと、蓮くん……。お店、反対みたいだけど」

「あれ？　ウソ、なんでだろう？」

「……ねえ」

「はい、場所交代ねー」

日を改めようと提案しようとしたのに、出鼻をくじかれてしまった。

蓮くんは有無《うむ》を言わせず、わたしの肩《かた》を押しのけるようにして右側に移動した。

「なんで？」

「なんでもー」

ムッとしているのに気づいてないはずはないのに、蓮くんは我関せずといった体《てい》だ。

だけど、すぐに理由がわかった。

（わたしが歩いていたの、車道側だったんだ……）

それからも、蓮くんは挙動不審《ふしん》と気遣《きづか》いを交互《こうご》に見せた。

荷物を持つのを手伝ってほしいから誘《さそ》われたと思ってたけど、結局全部蓮くん一人で運んでしまった。しかも、お店のドアの開け閉めさえ、わたしに譲《ゆず》ってくれなかった。

（これじゃあ、本当にデートしてるみたい……）

現実味がなくて、何をしゃべったのか記憶《きおく》も危《あや》うい。

駅前まで戻《もど》ってきたときには、内心ほっとしてしまった。

「お疲《つか》れさま。今日はつきあってくれてありがと」

「こっちこそ、荷物ほとんど持ってもらっちゃってゴメンね」

「それは言わない約束でしょ？　なんて、鈴のそういう律儀《りちぎ》なとこもスキなんだけど」

「……っ！」

（やだな、今のは笑って受け流すところだったのに……）

からかうネタを提供された蓮くんはといえば、なぜか真面目《まじめ》な表情を浮《う》かべている。

急に空気が変わったことに戸惑《とまど》っていると、小さな咳払《せきばら》いが聞こえてきた。

「……鈴に、渡《わた》したいものが……あるんだ」

蓮くんのジャケットのポケットから、リボンがかけられた小さな箱が現れた。

さしだされ、受け取るように視線でうながされる。

わたしは立ち尽《つ》くすばかりで、結局蓮くんが手のひらに載せてくれたのだった。


「開けてみて」


こういうやりとり、ドラマで見たことがある。

でもまさか自分の身に起こるわけがない。まして、相手は蓮くんだ。

(静まれ、心臓……!)

きっとまた、何かオチが待ってるはずだ。

ありえない勘違《かんちが》いをする心臓に言い聞かせ、ゆっくりとリボンを解いていく。

だけど中から出てきたものを見て、ますます鼓動《こどう》が速くなってしまった。

「これって……」

「レインボークォーツ。ペンダントなら、生徒指導にもひっかからないかなって」

蓮くんは秘密を打ち明けるみたいに、ひっそりと微笑《ほほえ》む。

(もしかして、バイトをはじめたのって……蓮くんがほしかったものって……)

うれしい。それが素直《すなお》な気持ちだった。

同時に、いたたまれなくなってしまう。

「ありがとう。気持ちは本当にうれしい」

「……気持ちは?」

「友だちからもらうには、なんていうか……豪華《ごうか》すぎると思う」

「ああ、そういう……」

前ぶれもなく、ふっと蓮くんの声が低くなった。

(わたし、何かマズいことを言っちゃった……?)

「鈴はさ、オレのことスキ? それともキライ?」

このタイミングで、その質問？

あっけにとられ、言葉もなく蓮くんを見つめ返してしまう。

真剣《しんけん》な声はさっきの一瞬《いっしゅん》で、今はおなじみの人懐《ひとなつ》っこい笑顔《えがお》を浮かべている。

そして、通常営業のチャライ告白。

いつもと同じ、だよね……？

そうだよね？

（入部前だったら、迷わずキライだって言えたのに……）

顔を合わせて作曲に打ちこむうち、チャラ男だけじゃない姿が見えてきた。

友だちとしてなら、かなり気が合うことも知ってしまった。

じゃあ、今は？

スキ　と　キライ　の差は、なんなんだろう？

そもそも、恋《こい》ってどんな感じなんだろう？

「——困らせて、ゴメン」

どれくらい時間が経《た》ったのか、蓮くんの声が聞こえてハッとする。
わたしは完全にフリーズしてしまっていたようだった。

「えっと、その……あの……」
「今は無理して答えなくていいよ、ホントに気にしないで。いいんだ、鈴のそばにいられるなら」

その日は、どうやって家まで帰ったのか覚えてない。
気がつくと、夕飯も食べずに、ただひたすら暗い部屋でベッドに寝《ね》転《ころ》がっていた。

（なんだか全部夢みたい……）

だけど手の中で光るレインボークォーツが、夢じゃないって主張してくる。

（スキとキライ……。ダメだ、全然わかんないよ……）

でも、胸の中がじんわりと熱いことだけはわかる。

何かを訴《うった》えるように、心臓の音がいつもよりはっきり聞こえてくる。

甘くて、苦しい……。

この気持ちは、なんなんだろう？

蓮くんと出かけてから、一週間が経った。

あの日以来、しばらく軽音部には顔を出していない。

知恵熱《ちえねつ》か、それとも夏風邪《なつかぜ》か……。とにかく寝《ね》こんでしまったわたしは、家にこもるはめになってしまったのだった。

芽衣子先生にメールで事情を説明すると、すぐに蓮くんからも連絡《れんらく》があった。

アドレスを教えた覚えはないから、たぶん先生から聞いたんだと思う。

『こっちのことは大丈夫《だいじょうぶ》だから、気にせずしっかり休むよーに！

あ、返信もいらないよ』

そんな蓮くんのやさしさに甘えて、全部棚上《たなあ》げにしたまま登校日を迎《むか》えてしまった。
（せめて、レインボークォーツのお礼はしなくちゃ……）
保冷バッグの中には、フロマージュを使ったケーキが入っている。
前に食べたいって言ってたし、文化祭の練習にもなるし、ちょうどいいと思ったのだ。
（家庭科室の冷蔵庫をかりておいて、直前にとりだそう）

それと、もうひとつ。
スキキライリア充《じゅう》ストラップが、制服のポケットに入っている。
もちろん、深い意味はない。
あんなに欲しがってたから、だから譲《ゆず》ってあげるだけだ。
これでイーブン、対等になれるならいい。

「あっ、音崎鈴……！」

校門を通り過ぎたところで、後ろから名前を呼ばれた。
反射的にふりかえってしまったけど、声の主を見てすぐに後悔《こうかい》する。

そこには原岡さんたち、蓮くんの親衛隊の面々が集まっていた。

（うわ、またニラまれてる……）

慌《あわ》てて前に向き直ると、今度は辺り一面からひそひそ声が聞こえてきた。ぐるっと包囲網《ほういもう》みたいなのができていて、小さく悲鳴が出てしまう。

中には顔を知らない人もいて、三年生や一年生もまじってるみたいだった。

「ねえ、あのウワサって本当？　王子とデートしてたの、マジで音崎さん？」

「なんか、駅前で二人で歩いてるとこ見た人がいるって……」

「蓮くんも、とうとう彼女持ちになったか～」

口々にささやかれる言葉に、さーっと血の気がひいていく。

（うそ、見られてたんだ……）

ただの部活の買い出しです！　つきあってもないです！

そう言って誤解を解かなきゃと思うけど、身体《からだ》の震《ふる》えが止まらない。

（わたしは、平穏《へいおん》に過ごしたいだけなのに……なんで……）

周囲の視線が毒針みたいに刺《さ》さって、イヤな記憶《きおく》までよみがえってくる。


あれは、中学生のときだった。

当時のわたしは今以上に恋にうとくて、よくわかってなかった。だから女子にも男子にも同じように接してて、それが叩《たた》かれる原因になったらしい。

こびてる、とか。八方美人、とか。

びっくりするような言葉を浴びせられまくって、ようやく気がついた。

平和に暮らしたいなら、必要以上に目立っちゃダメなんだって。

とくに男子には、不用意に近づいちゃいけないんだって。


「ウケるんですけど！　あのウワサって、絶対見間違《みまちが》いに決まってるし」

「そうだよ、蓮くんが地味子と付き合うとかありえないでしょ」

立ち尽《つ》くすわたしを追い越《こ》しながら、原岡さんたちが笑って否定していく。

つられて、ほかの人たちも「言われてみれば……」とかってささやきだした。

(よかった、これで……)

本当によかったのかな?

この場で誤解が解けたからって、ウワサ自体が消えてくれるとは限らない。

でも、だったら……どうすればいいんだろう。

みんなに言って回るとか、たとえ本当のことでも逆効果な気がする。

(やっぱり、蓮くんと距離《きょり》をとる以外に方法はないのかな?)

答えは出ないまま、わたしは重い足をひきずるようにして教室に向かった。

千歌が心配そうに「まだ風邪治ってないの?」って聞いてくれたけど、あいまいに笑って首を横にふることしかできなかった。

HR中もずっと、原岡さんたちの視線が突《つ》き刺さってきた。

それでいて何か言ってくるわけでもないから、余計に怖《こわ》くなる。

隣《となり》の席から蓮くんの視線も感じたけど、不思議と今日は声をかけられなかった。

もしかしたら、めずらしく空気を読んでくれたのかもしれない。

(なんにしても、今日はもう軽音部には顔を出さないほうがいいよね……)

フロマージュのケーキは、千歌たち生徒会役員の人に食べてもらおう。

放課後のチャイムが鳴るなり、わたしは逃《に》げるように家庭科室へと走った。


冷蔵庫から保冷バッグに移し替《か》えていると、ふいにドアが開いた。

部長かと思って顔をあげたのに、そこには予想外の人たちが仁王《におう》立《だ》ちしていた。


「ちょっといい？　話があるんだけど」

「……原岡さん……」

彼女の後ろには、いつもの四人。

さらに廊下《ろうか》から様子をうかがってるグループもいる。

「単刀直入に聞くけど、例のウワサを流したのはアンタじゃないの？」

「えっ……」

一瞬《いっしゅん》、何を言われたのかわからなかった。

ぽかんとするわたしをよそに、親衛隊の人たちが次々にまくしたてる。

「何度も忠告してきたよね？　王子はみんなのものなんだから、いい加減にしてよ」

「自分と王子が釣《つ》り合うとか思ってるワケ？　ちょっと調子に乗りすぎじゃない？」

「ねー。芽衣子先生が誘《さそ》ったっていうから、軽音部に入ったのも見逃《みのが》してあげてるのに」

「っていうか、王子も王子じゃない？　なんで、こんな子なんか……」

「ぶっちゃけ最近の蓮くん、ヘタレっぽい感じもするしね」

「あっ、わかる！　カッコよくて、ちょっとドSな王子様っていうのがウリなのにさー」

（なんで……？　なんで蓮くんのことまで言うの？）

その瞬間《しゅんかん》、自分でもびっくりするくらい大きな声が出た。

「蓮くんのこと、悪く言わないで！」

「……は、はぁ？　そもそも、アンタが王子にまとわりついてるのが悪いんでしょ」

原岡さんの反論に、親衛隊の人たちも力強くうなずく。

わたしは今度こそ絶句してしまった。

（えっと……？　わたしがいつ、蓮くんにまとわりついてたって？）

彼女たちには、何をどう言っても伝わらないのかもしれない。

そもそもこっちの言い分なんて、はじめから聞く気がなかったんじゃないだろうか。

「あはは！　すごい理屈《りくつ》だね、それ」

重苦しい空気を切り裂《さ》くようにして、蓮くんのよく通る声が廊下に響《ひび》いた。

（蓮くん……!?）

この場に居合わせた全員が、いつもと違《ちが》う彼の様子に戸惑《とまど》っているのが伝わってくる。

悪口を聞かれてしまった原岡さんたちに至っては、すっかり顔色を失っていた。

「いい加減にしてほしいのは、オレのほうなんだけど。もちろん、バンドの応援《おうえん》してくれるのは本当にありがたいし、期待には応《こた》えていきたいなって思ってるよ？」

ふっとやさしい声色《こわいろ》になった蓮くんは、一人一人の顔を見るように語りかけた。

まるでライブのMCみたいに。

「けど、こういうプライベートっていうの？　オレが誰《だれ》をスキでも、誰にどういう態度をとられてたって、キミらには関係なくない？　放《ほう》っておいてほしいんだけどなぁ」

「で、でも！　蓮くんって、中学のときに未来先輩《せんぱい》とつきあってたんでしょ？」

「未来さんのこと、今でもスキなんですよね!?」

今、なんて？

未来先輩と蓮くんが、つきあってた？

「その話、本当なの？」

あっけにとられた様子で、原岡さんが遠巻きに見ていた一年生に問いかけた。

相手はしっかりとうなずいて、「お姉ちゃんに聞いたんです」と告げる。

それからは、蜂《はち》の巣《す》を突《つっ》いたみたいな騒《さわ》ぎになった。

でも全部が全部、遠い世界のできごとに思えて……。

気がついたときには、わたしはその場を走り去っていた。
呼び止める蓮くんの声が聞こえたけど、ふりかえる余裕《よゆう》なんてなかった。
なんかホント、バカみたい。
男女のスキ？　とか、わたし真剣《しんけん》に考えちゃって……。

スキ？　キライ？
今までも蓮くんは、よく言ってたじゃん。
あれは友だちとしてのじゃれ合いだよ。

未来さんみたいな人とつきあってたのに、わたしなんかスキになるはずがない。
伝説の歌姫《うたひめ》と、ちょっとピアノが弾《ひ》けるだけの地味な子。
そんなの比べるまでもないのに。

「……千歌のところに、早く届けなきゃ」
フロマージュのケーキを入れた保冷バッグが、やけに重く感じられた。

一週間も経《た》たずに新学期がはじまった。

わたしは相変わらず、蓮くんの顔が見れないでいる。

席替《せきが》えで窓側とドア側に離《はな》れたこともあって、外野も少しだけ静かになった気がする。

(だけど、ずっとこのままってワケにもいかないよね……)

明日からは通常授業がはじまるし、部活も本格的に再開されることになっている。

新曲は、あとは作詞とアレンジを残すだけになった。

少し早いけど、今なら退部してもそこまで支障はないと思う。

(でも、理由は？　どんな顔をして、なんて言うの？)

元をたどれば、わたしが蓮くんの顔を見れなくなったのは、夏休みに備品を買いに出かけたときからだ。あの日、レインボークォーツのペンダントを渡《わた》されたときから。

「あ、また……。王子、しょっちゅうアクビしてない？」

「ＳＨＲも爆睡《ばくすい》してたよね。目も赤かったみたいだし、寝不足《ねぶそく》なのかな？」

全校集会からの帰り道、クラスの女子たちが心配そうにささやきあっていた。

気になってた内容だけに、自然と聞き耳を立ててしまう。

「もしかして、原岡さんたちが突撃《とつげき》した件をひきずってるのかもね……」

「未来さんとつきあってる、って話？」

「ウワサだけど、王子のほうがフラれたっぽいよ」

「えっ、まだ続いてるんでしょ？　わたしはそう聞いたけど」

これ以上は聞いてられなくて、わたしはそっと列から外れた。

すると、千歌が気づいて駆《か》け寄ってきてくれる。

「鈴！　どこ行くの？」

「……保健室にでも行こうかなって」

「わかった、私もついてく」

「えっ！　そんな、悪いよ。大丈夫《だいじょうぶ》、わたし一人で行けるから……」

「真っ青な顔して、何言ってるの！　先生に言ってくるから、そこで待ってて」

「待って千歌、わたし本当に……」

「二人きりで話したいこともあるから。ね？」

親友にそう言われてしまえば、首を縦にふる以外に選択肢《せんたくし》なんてない。

おとなしく二人で保健室に向かうと、ドアノブに「外出中」のプレートがさがっていた。

「ちょうどよかった。最悪、場所を変えようと思ってたから」

「……そんなに大事な話なんだ」

「鈴だって、わかってるでしょ？　加賀美蓮の話だよ」

ベッドに腰《こし》をおろし、千歌が隣《となり》をポンポンッと叩《たた》いた。

なんとなく落ち着かなくて、わたしはほんの少しだけ多めに距離《きょり》を空けて座る。

千歌は気にした様子も見せず、キッパリした声で言う。

「何があったかは聞かない。部外者が口を出すことじゃないだろうし」

「……ありがとう」

「お礼を言うとこじゃないよ。それに、部外者だからこそ言っておきたいこともあるの」

「……うん」

「蓮くんと、未来先輩のこと」


ああ、やっぱり。

わたしたちがギクシャクしてるの、千歌は気づいてたんだ。


本音を言うなら、聞きたくない気持ちのほうが大きい。

とっくに疲労困憊《ひろうこんぱい》だったし、これ以上傷つくのはイヤだ。

(それでも……ここで背を向けたら、永遠に先へは進めない気がする……)


わたしは意を決して、まっすぐに千歌の瞳《ひとみ》を見つめた。

「お願い。聞かせて」

対する千歌は、無言で見つめ返してくる。じっと心の奥底をのぞきこむように。

「――わかった。ただ、これだけは忘れないで」

過去は過去だよ。

そう前置きして語られたのは、想像もしなかった中学時代の蓮くんの話だった。

「蓮くんとは私、同中だったじゃない？　母親同士が仲良くって、一緒《いっしょ》に出かけたり、悩《なや》みとかも相談しあってたみたいでさ」

「あそこの家はもともと少し複雑だったらしくて、蓮くんが中二の頃《ころ》には、ついに離婚《りこん》することになって……。弁護士さんもまじえて話しあってるときに、おばさんが交通事故で亡《な》くなっちゃったんだ」

「今からは想像できないかもだけど、蓮くんって泣き虫でさ。おばさんのお葬式《そうしき》と入れ違《ちが》いぐらいに引っ越《こ》してきた未来先輩《せんぱい》が、お姉さんみたいに面倒《めんどう》見てた」

「そのうち、二人がつきあうようになったってウワサが流れて……。でも未来先輩が十七歳のとき、スカウトされたじゃない？　プロデビューするために上京しなくちゃいけなくなって、それで自然消滅《しょうめつ》したっていうのが通説」

千歌の話は、かなしかった。つらかった。
でもそれ以上に、ようやくわかった真実に胸がしめつけられた。
わたしは二人が知り合いだから、蓮くんが『泣キ虫カレシ』を託《たく》されたんだと思ってた。
だけど本当は、そもそも託されたわけじゃない。

あれは、蓮くんと未来さんのための歌だ。
泣き虫なキミが蓮くんで、ツヨムシなキミが未来さん。

（蓮くんはずっと、どんな気持ちで歌ってきたんだろう……）

ここぞってときにしか披露《ひろう》しないのも。

あんなにも聴《き》く人の心を揺《ゆ》さぶるのも。

全部が全部、蓮くんの未来さんへの想《おも》いが詰《つ》まってるから。

「……走って逃《に》げちゃって……感じ悪かったな」

つぶやきは次第《しだい》に涙声《なみだごえ》になって、雫《しずく》がスカートに落ちてシミをつくった。

勝手に誤解して、呼び止める蓮くんを無視して。

それからずっと避《さ》けてて……。

「あのね、千歌……。わたし、サイテーなんだ」

「蓮くんのこと、チャラい人だって決めつけて……。一緒に曲をつくるようになって、友だちっぽく話せるようになってからも、どうせまた冗談《じょうだん》なんだろうなって、何か言われても全然本気にしてなかったのに……」

「そのくせ、二人で買い出しに行ったときに『スキ？　キライ？』って聞かれたら、わたしマジメに受け取っちゃったんだ。それで蓮くんと未来さんの話を聞いて、勝手に裏切られた気になって……」

「本当はわたしが……わたしが、蓮くんのこと――」

そのあとは、声にならなかった。

「……わかってる、わかってるよ。鈴の本当の気持ち、気づいてた」

そっと千歌の手がのびてきて、励《はげ》ますように頭をなでられる。

「さっき私が言ったこと、覚えてる？　過去は過去だよ」

「……でも、何を言えばいいかわかんないよ」

「はい、鈴の『でも』いただきました！　気をつけないと口癖《くちぐせ》になっちゃうよ？」

「あっ……」

ぐっと息をのむと、千歌の手が今度はポンポンと肩《かた》を叩いた。

「ねえ、たまには思い切ってやってみたら？　別に見切り発車でも平気だって、実際に走り出したら案外なんとかなるもんだよ」
　わたしが答えられないのを見て、千歌がさらに続ける。
「鈴だって、このままじゃダメだって思ってるんでしょ」
「……うん……」
　いつまでも蓮くんを避けてちゃダメだ。
　何も変わらないどころか、状況《じょうきょう》は悪化していく一方になる。
　それに——。
　たとえ蓮くんがどう思ってたんだとしても、わたしは一緒にいて楽しかった。
　友だちとしてなら、もっと仲良くなれるのかもしれない。
　謝って、それで改めて言おう。
　スキとかキライとかは置いておいて、もう一度はじめからやり直すんだ。
　わたしと友だちになってください、って。

「ありがとう千歌、わたし行ってくる」
「ん、がんばってね」

北棟《きたとう》の最上階にある視聴覚室《しちょうかく》までの道のりが、こんなに遠く感じたことはなかった。
深呼吸を繰《く》り返し、音を立てないようにゆっくりとドアを開ける。
（今日は弦巻くんもいる……）
一つの机を囲み、蓮くんと二人で真剣《しんけん》な表情でスコアをのぞきこんでいた。
アレンジを決めているみたいで、ライブでも聞いたことのある曲名が飛びかっている。
蓮くんが鼻歌をうたい、弦巻くんがベースで弾《ひ》き直す。
ああでもないこうでもない言いながら、曲が新しい姿になっていく。
（二人とも、すごい真剣な顔してる）
すっかり見慣れたはずの横顔が、今は別人みたいだ。

音楽に集中していて、そこだけ世界が隔離《かくり》されてるようにも見える。

（……きっと、わたしが来たのも気づいてないんだろうなぁ）

心の準備がしたくてひっそりと入ったくせに、なんでさびしいなんて思ってるんだろう。

勝手に距離《きょり》を置いて、勝手に「壁《かべ》」を感じるなんて、ほんとどうしようもない。


「蓮、またそれか」

ふいに弦巻くんがベースを弾くのを止《や》め、コッンとスコアを指で叩《たた》いた。

「サビ終わりのコード、前のと同じになってる。つかそれ、未来さんのクセだろ？」

「あー……。うん、理解した」

「無自覚か？　ったく、気をつけろよ」

蓮くんが苦笑《くしょう》をこぼしたのを見て、めまいを覚えた。

地面が崩《くず》れるみたいに、足がふらっとして……。


ガタンッ！

つかんでいたドアを揺らしてしまい、大きな音が立ってしまった。

さすがに蓮くんたちも気がついて、ばっちり視線があう。

「鈴！　よかった、今日もまだ出れないかと思ってた」

「音崎、夏風邪《なつかぜ》こじらせたんだって？　蓮のヤツが連れ回したからだよな、悪い」

「はぁ？　奏音、何いい人ぶってんだよ。オレ、ちゃんと自分で謝るし！」

「なんだ、まだ謝ってなかったのか」

会話の端々《はしばし》から、蓮くんの気遣《きづか》いがわかる。

わたしが部活に顔を出さなかったのを、上手《うま》くフォローしておいてくれたんだ。

「えっと、あの……もう大丈夫《だいじょうぶ》だから」

気にしないでとあいまいに笑うと、蓮くんがパァッと表情を明るくする。

「よかったー！　じゃあさ、新曲も完成させちゃおう。今回のは、ツインボーカルがいいんだよね。歌詞を会話っぽくして、オレと鈴でうたわない？」

「おい、聞いてないぞ」

「うん、今はじめて言ったからね」

すっかり蓮くんのペースだ。

わたしの気持ちを置いて、どんどん進んでいってしまう。

「歌詞、途中《とちゅう》まで書いてみたんだ。鈴は空いてるとこに入れてってくれる？」

さしだされたスコアを受け取らず、わたしは首を横にふる。

「……まだやるって言ってない」

次の瞬間《しゅんかん》、空気がひやりとしたのがわかった。

（わたし……なんて言ったの……？）

自分もびっくりして、思わず手で口をおおってしまう。

謝りに来たのに、全力で逆方向に走っていた。

微妙《びみょう》な沈黙《ちんもく》をやぶったのは、巻きこまれてしまった形の弦巻くんだった。

「ほらな、これが正常な反応だ。今度から、ちゃんと事前に伝えとけ」

そう言って立ち上がり、止める間もなく部屋を出て行ってしまう。

わたしと、蓮くんを残して。


再び静まり返った視聴覚室で、わたしたちは視線をあわせることもなかった。

しばらくすると、蓮くんがいつもの調子で話しかけてきた。

「ここんとこ、どうしたの？　芽衣子先生も気にしてた」

「……うん」

「あ、いや、責めてるわけじゃないよ？」

「……うん」

機械みたいに相づちを打つだけのわたしに、蓮くんがため息をもらす。

首の後ろをガリガリかいて、気まずそうに切り出した。

「もしかして、だけど……。原岡さんたちのことが原因だったりする？」

「え……？」

「バンドやってくの、しんどい？」

核心《かくしん》をつく蓮くんの問いかけは、一気にこの場の空気を冷やした。

「……あのね、蓮くん」

思い切って言おうとした瞬間、食い気味に蓮くんが言う。

「なんか好き勝手言われてたけどさ、鈴は今まで通りにしててよ。大丈夫、オレが守るから。大船に乗った気でいて……」


「ごめん」


蓮くんをさえぎり、わたしはとっさに謝っていた。

なんでだろう、前みたいに軽口で返せない。

(友だちとしてやり直そうって、会いに来たくせに……)

もう友だちじゃいられないって思い知る。

心臓が、全身が、そう訴《うった》えかけていた。

「ごめんって、何？　どういう意味？」

「……親衛隊の子にもにらまれるし、ホントにイヤなの」

こんなこと言いに来たわけじゃない。
でも、わたしは……自分に負けた。逃《に》げてしまった。
（仕方ないよ。このままずっと、友だちでなんていられないんだから……）
これでいいんだ。
強制終了《しゅうりょう》。

「鈴……」

ひとりごとなのか、呼びかけられたのか。
ぽつりと言ったきり、蓮くんは黙《だま》って立ち尽《つ》くしていた。
見慣れた笑顔《えがお》はとっくに消えていて、まるで別人みたいに映る。
（どうしよう、怒《おこ》らせたかな……）
全身から血の気が引いて、手が小刻みに震《ふる》えだす。
だけど次に聞こえてきたのは、どこかおだやかな声だった。

「──わかった。いいよ、最悪『ラララ』でうたうから」

いいって、何が？

ああ、そうか。新曲の歌詞の話をしてたんだっけ。

あっけにとられるわたしの横を、蓮くんが足早に通り過ぎていく。

最後にスコアを机の上に置き、そのままドアに手をかける。

「れ、蓮くん！　スコア……」

ようやく出た声は、緊張《きんちょう》でかすれていた。

「鈴の好きにして」

「……え？」

最後にふりかえった蓮くんは、やさしく笑っていた。

だから余計、心に刺《さ》さった。

（ああ、本当に……。わたし、自分で終わらせちゃったんだ……）

わたしはただ黙って、ドアの向こうに消えた蓮くんの背中を見送った。

文化祭まで、残り一週間を切った。

毎年九月の第二土曜と日曜の二日間にわたって開催《かいさい》されるから、夏休みが明けたらあっというまで、この時期は学園全体が浮《う》き足立《あしだ》った感じになる。

かくいうわたしも、ずっと落ち着かない日々を送っていた。

新曲のスコアは、いまだ虫食い状態でカバンの中に入ったままだ。

(蓮くんに相談できたらいいんだろうけど……)

あの日以来、ただの一言も交《か》わしていない。

自分から距離《きょり》を置いてるのもあるし、それ以上に向こうから避《さ》けられてる感じだった。

(今まで、どうやって話してたんだっけ)

席替《せきが》えで隣同士《となりどうし》じゃなくなって、ほとんど接点がないことに今さら気がついた。

ウザいくらい話しかけてくれてたのも、ネタをふってくれてたのも蓮くんで。
わたしはといえば、会話の糸口すら見つけられず、タイミングもつかめないでいる。
千歌が何かと心配して声をかけてくれるけど、それに甘えるわけにもいかない。
自分でどうにかしなきゃ意味がないから。
(わたしに今できることは……)

その日の放課後、わたしは三日ぶりに視聴覚室《しちょうかく》を訪《おとず》れることにした。
芽衣子先生の言葉通り、そこに蓮くんの姿はなかった。

『最近、蓮まで部活に顔出してないみたいじゃない』
音楽の授業が終わると、わたしは先生に残るように言われた。
案の定というか、話題は部活のことで。

蓮までって言葉から、わたしが出ていないことも知られてるんだってわかった。

『言っておくけど、音楽性の違《ちが》いでぶつかるなんてよくあるし、あたしはそんなことで怒ったりしない。毎日部活に参加しろとも言わない。気分が乗る、乗らないってあるしね』

先生は肩《かた》をすくめ、いたずらっぽく「そうじゃない？」と聞いてくる。

わたしが黙ってうなずくのを見届けると、ふっと表情を改めた。

『ただささ、後悔《こうかい》だけはしてほしくないわけ。わかる？』

背中を押す言葉に、今度は声に出して「はい」って答えた。

先生は「よろしい」って笑って、頭をぐしゃぐしゃになでてくれて……。

最後まで、ああしろこうしろとは押しつけないでいてくれた。

そして、一番大事なことを思い出させてくれた。

（……わたし、やるって言ったじゃん）

たしかに、軽音部に入部したのは成り行きだった。

だけど一緒《いっしょ》にハニワの新曲をつくるって決めたのは、わたし。

ほかでもない、わたしなんだ。


蓮くんとのことが、あってもなくても。

せめて大好きなハニワの音楽からは逃《に》げない、逃げたくない……！


そう決意して、わたしは視聴覚室《こ》《こ》に戻《もど》ってきた。


キーボードをセッティングし、シャープペンを片手にスコアを広げる。

思いついた歌詞を弾《ひ》き語《がた》りして、うたいやすいかとか、音にハマってるかを確認《かくにん》していく。

何度となく繰《く》り返していくうちに、少しだけ気分が晴れていくみたいだった。


「なんか聞こえると思ったら、音崎か」

おもむろにドアが開き、ベースを担《かつ》いだ弦巻くんが顔をのぞかせた。

そばに蓮くんの姿はなく、一人で練習に来たみたいだ。

「ここ使うよね？　邪魔《じゃま》だったら、場所変えるけど……」

「必要ない。むしろ、俺のほうが作詞の邪魔にならないか？」

「全然平気」


否定はしたけど、半分はウソだった。

弦巻くんがどうのじゃなくて、わたしのほうに気になることが多すぎるんだ。

どう切り出そうか迷っていると、ためらいがちな声に呼びかけられる。


「余計なお世話だと思うけど……。いいのか、このままで」

「迷惑《めいわく》かけて、ゴメンなさい」

「や、俺らは別に迷惑とか思ってないから。音崎が入ってくる前にも、蓮とは何度もぶつかってきたし、バンドを続けるためにはこの先もまたやるだろうし」

「……わたしも、もう逃げるのはよくないなって思ってる」

「そっか、ならよかった。蓮のやつ、ホントに音崎のピアノがスキだからさ」

「わたしの……ピアノを……？」

初耳だった。

目を白黒させていると、弦巻くんは懐《なつ》かしそうに笑い出した。

「一年の頃《ころ》だったかな。放課後、ピアノを聴《き》きに通ってるんだとかさんざん自慢《じまん》してたけど、ぶっちゃけストーカーだろっていう」

（……なんで、そのこと……）

たしかに一時期、放課後の音楽室でピアノを弾いたり、うたったりしていたことがある。

でもこっそり一人でやってたことで、誰《だれ》かに見られてたなんて思わなかった。

「最後にこれだけ、いいか」

驚《おど》きすぎてリアクションも取れないわたしに、弦巻くんは構わず続けた。

「あいつ、チャラすぎてわかんないかもだけど、ずっと前から音崎のこと見てたよ。それこそ、入学式のときから」

蓮くんが、わたしを、ずっと見てた？

わたしは、蓮くんのことを……どれだけ知ってる？

自分に都合よく見てただけだ。

笑ってる顔ばっかりで、怒《おこ》ってる顔も、泣いてる顔も知らない。

「わたし、ほんと……逃げてばっかだ……」

「──今日も暑いな。窓開けるか」

たぶん、聞こえなかったフリをしてくれたんだと思う。

弦巻くんはひとりごとみたいに言って、窓を大きく開けた。

風と一緒に、誰かの声が聞こえてくる。

（この声……）

聞き間違《まちが》えるはずがない。

蓮くんだ。

ギターの伴奏《ばんそう》もなくアカペラで、『泣キ虫カレシ』をうたっている。

未来さんと蓮くんの歌、だ。

なら、新曲は——わたしと蓮くんの歌にしたい。

素《す》直《なお》な気持ちを、これまで二人で過ごした時間を歌詞にするんだ。

文化祭までは、残り一週間もない。

作詞がはじめてのわたしに、どこまで書けるかわからない。

（でも、やりたい。蓮くんに伝えたい）

「弦巻くん、蓮くんに伝えて。必ず、新曲の歌詞を届けるからって」

その日から、放課後は毎日視聴覚《しちょうかく》室にこもり、作詞に没頭《ぼっとう》するようになった。

新曲を持って、蓮くんに会いに行くために。

（空が高いなぁ……）

少し乾《かわ》いた空気に、さわやかな風が吹《ふ》き抜《ぬ》けていく。

店じまいした家庭科室の窓から、わたしは秋晴れの空を見あげた。


今年の文化祭も晴天にめぐまれ、二日目に至っては例年以上にお客さんが来ている。

千歌いわく「保護者も多いけど、大半はハニワのライブ目当てのお客さん」らしい。

（弦巻くんも、チケットが完売したって言ってたもんね）


腕時計《うでどけい》を確認すると、三時まで十分を切っていた。

ダンス部のステージが終われば、いよいよハニワのライブがはじまる。


（蓮くん、メール見てくれたかな……）

昨夜やっとのことで完成した新曲の歌詞は、メールで送っていた。

最初は直接会って渡《わた》そうと思ったけど、当日の二人の予定を思うと難しかった。蓮くんとは
クラスの展示当番がズレていたし、わたしには家庭科部のレジ係もある。

それで速くて確実な方法を選んだんだけど、返事はいまだにない。

蓮くんは今、何を考えてるんだろう？

わたしのこと、どう思ってるんだろう？

浮《う》かぶのは、不安ばっかりで。

さらに、これから自分がしようとしていることを思うと、足が震《ふる》えてくる。

（……ううん、もう逃《に》げないって決めたんだから）

わたしはエプロンを外して、家庭科室を後にした。


中庭に設置されたステージの周りには、すでに人だかりができていた。

パフォーマンスを終えたダンス部が、歓声《かんせい》に応《こた》えながら袖《そで》にはけていく姿が見える。

「急がなきゃ……」

「どこに？」

誰に聞かせるでもなくつぶやいた言葉に応える声があった。

ハッとしてふりかえると、原岡さんたち親衛隊の人たちが集まってきていた。
(もうすぐライブがはじまるのに、場所取りしなくていいのかな)
なんて、聞くまでもなさそうだ。
彼女たちの険しい表情を見て直感する。
ライブがはじまる前だからこそ、わたしに会いに来たんだって。

辺りをグルッと囲まれたまま、彼女たちが歩きだす。
そうして中央のわたしも無理やり歩かされ、ステージから引き離《はな》されてしまう。
大移動は、販売《はんばい》時間が終わり閑散《かんさん》とした屋台たちの前まで来て、ようやく止まった。

遠くから、ハニワの演奏が聞こえてくる。
彼女たちも気になってるはずなのに、決して動こうとはしない。
やっぱり、わたしをステージにあげたくないみたいだ。

「蓮くんのこと、どう思ってるわけ?」

原岡さんは前置きもなく、ずばりと踏《ふ》みこんできた。

とっさに後ずさりしそうになりながら、わたしはお腹《なか》に力をこめて踏みとどまる。

「……ちゃんと向き合いたいって、そう思ってる」

「何それ、鏡見たことある？　それとも音崎さんって、実は自意識過剰《かじょう》だったんだ？」

彼女の甲高《かんだか》い声を合図に、ほかの人たちもイヤな顔で笑いだした。

わたしだって、まだ自分に自信を持てたわけじゃない。

原岡さんが言うように、もしかしたら自意識過剰なのかもしれない。

だけどそんなの、逃げていい理由にはならない。

「……今までずっと、ハッキリしなくてゴメンね」

「は？　なんで謝ってんの？」

今度はイヤミとかじゃなく、純粋《じゅんすい》な疑問だったらしい。

あっけにとられた状態の親衛隊の人たちを見回しながら、一度深く息を吸いこむ。

そして声が震えないように胸をはり、やっとつかんだ答えを告げる。

「原岡さんたちにも、自分の本当の気持ちにも、怖《こわ》くて目をそらしてきたけど……。そういうの、今日でもう止《や》めにする」

「……口ではなんとでも言えるわよね」

「うん。だから見てて」


こわばった顔になる原岡さんに笑いかけ、わたしは駆《か》けだした。

ステージではすでに演奏がはじまっていて、新曲のイントロが流れている。


急げ、急げ……！

ここで全力を出さなきゃ、一生後悔《こうかい》する。

ひんやりした空気に肺が悲鳴をあげるけど、そんなの構ってらんない。


（……あれ？　これって前奏？）

スコアではすぐにうたいだすようになっていたのに、今も演奏が続いている。

アレンジしたのかな？　なんのために？

わたしを待ってくれてた？　どうして？
スタッフさんからマイクを受け取ると、ライトに照らされた蓮くんと目があった。
驚《おどろ》いたのは一瞬《いっしゅん》で、蓮くんは太陽みたいな笑顔《えがお》を向けてくれる。
わたしも思いっきり笑い返して、ステージへと躍《おど》り出た。

『スキヨ　キライ　ワカンナイ…キライ
スキダ　イガイ　アリエナイ　スキダ！
スキ　ト　キライ　ワカンナイ
止まれないスキキライ』

ダブルアンコールを終え、大盛況《だいせいきょう》のうちにハニワのライブは幕を閉じた。
わたしは新曲だけのつもりだったけど、ＭＣでメンバーとして紹介《しょうかい》され……。
結局、キーボードとコーラスとして、最後までステージに立つことになったのだった。

「おっ、後夜祭がはじまった」

手すりにもたれながら中庭を見おろし、蓮くんがうれしそうな声をあげる。

横に並んだわたしは、少し嗄《しわが》れた声で「うん」とだけつぶやく。


屋上には、ほかに誰《だれ》もいない。

それもそのはずで、普段《ふだん》は施錠《せじょう》されて立ち入り禁止になっている場所だ。

今回は生徒会役員の千歌がこっそり鍵《かぎ》を貸してくれて、特別に入れていた。文化祭を盛り上げてくれた功労賞として、ってことらしい。

にぎやかなステージとは対照的に、屋上には沈黙《ちんもく》が流れている。

話したいことはいっぱいあるのに言葉にならなくて、視線を泳がせるしかできない。

蓮くんも、さっきまで客席をあおってたのがウソみたいに息をひそめていた。


「新曲のタイトル、決めたんだけど……」

夕闇《ゆうやみ》にとけそうな、静かな声だった。

わたしは干上《ひあ》がったのどから、なんとか返事をしぼりだす。

「何にしたの？」

「……『スキキライ』って、どう？」

「そのまんまだね」

「鈴は変化球のほうがスキなんだ？」

いたずらっぽく笑う蓮くんを見るのはひさしぶりで、なんだかうれしくなる。

涙《なみだ》がにじむのをごまかしたくて、わたしは少し考えるフリをしてから首をふった。

「直球勝負のほうがスキかな」

スキって言っただけで、心がふるえた。

（これからもっとスゴイことを言わなきゃなのに、心臓もつかな？）

すっかり冷えた空気を肺いっぱいに吸いこみ、わたしは蓮くんのほうを向く。


「あの……」

「あのさ」

「「えっ？」」

声が重なって、二人そろって目をまたたいた。

次の瞬間《しゅんかん》、すかさず蓮くんが続けた。


「ずっと部活に顔出さなくて、ゴメン」

「わ、わたしのほうこそ！　ゴメンね」

「……なんで鈴が謝るの。困らせたのはオレじゃん」

「違《ちが》う。もとはといえば、わたしが勘違《かんちが》いしてて……」

続きをさえぎるように、蓮くんが大きくかぶりをふる。

「オレ、あの日……鈴にホントにイヤだって言われて、もう頑張《がんば》れないって思ったし……頑張っちゃダメなんだって思ったんだ」

「そのことなんだけど！　わたし、蓮くんに言いたいことが」

もう一度、蓮くんがわたしの言葉を奪《うば》った。

今度は、強い光をたたえたまなざし一つで。

「でも奏音から伝言聞いて、最後の可能性にかけようって思った」

新曲の歌詞を必ず届けるっていうあの言葉を、蓮くんは信じてくれてたんだ。

だからわたしが現れるまで、新曲のイントロを延ばしてくれたんだ。


「蓮くんは、どうしてそんなに……」

「――鈴はさ、オレとはじめてしゃべった日のこと、覚えてる？」

「え？　一年生のときの後夜祭、だよね……？」

「ああ、やっぱそういう認識《にんしき》だったんだ」

そう言って、蓮くんは困ったように笑った。

「オレたち、もっと前にしゃべってるよ。ぶっちゃけると、高校の入学式から」

「ええ⁉ なんで、そんな前から……。クラスも違ったのに」

ウソをついてるようには見えないし、たぶん本当なんだろうと思う。

だけどわたしは、本当に、ちっとも、これっぽっちも覚えがない。


「式が終わったあと、桜並木の下で電話してたでしょ？ で、急に泣《な》き崩《くず》れてた」

「あっ……」


蓮くんの言葉に、記憶《きおく》の扉《とびら》が開け放たれていくのがわかった。


あの日はわたしにとって、二重の意味で「旅立ち」のときだった。

式の前日、以前から闘病《とうびょう》中だった愛犬のスズが、ついにこん睡《すい》状態に陥《おちい》ってしまった。

小さい頃《ころ》からずっと一緒《いっしょ》で、姉妹みたいに育った彼女のそばを片時も離《はな》れたくなくて、直前まで入学式にも欠席するつもりだった。

(でも、奇跡《きせき》的にスズが目を覚まして……)

わたしは逢坂学園に向かい、そして式の終了後《しゅうりょうご》に病院から電話をもらった。

『たった今、息を引き取りました』

聞こえてきたのは無慈悲《むじひ》な現実で、その場に泣き崩れてしまった。

自分がいる場所とか、周囲の視線とか全部飛んでて。

だからハンカチを貸してくれた人のことも、すっかり記憶の彼方《かなた》に追いやっていた。

(……あれが、蓮くんだったんだ……)

どうして忘れてたんだろう？

なんで今まで、名乗ってくれなかったんだろう？

ぼう然と蓮くんを見やると、やさしいまなざしが返ってきた。

「それからずっと気になってて、今度は放課後の音楽室でピアノ弾《ひ》いてるとこに遭遇《そうぐう》したんだよね。そしたらまた泣いてて、たった一人で『泣キ虫カレシ』うたってた」

(弦巻くんが言ってたけど、本当に見てたんだ……)

はずかしさと、いたたまれなさで、声にならなかった。

そして蓮くんも、声がふるえていた。

「自分と同じ曲で同じように泣いてる子がいて、脳裏《のうり》に焼きついちゃったんだよね」

理由は聞くまでもなかった。

未来さんとのことを思い出して、うたって、泣いてたんだ。

「あとはもう、気づいたら目で追ってるようになっててさ……。鈴って自分で自分を地味だとか言うし、周囲に面倒《めんどう》ごと押しつけられても笑ってるし、見てるこっちがハラハラした」

「……うん」

「だけど、絶対手を抜《ぬ》かないんだよなとか、周りのこと冷静に見てて助けてあげられる子なんだよなとか……。気を許した子には、すっげぇ可愛《かわい》く笑ってみせるとか知っちゃって」


可愛いとか、何言っちゃってるの。

お世辞はやめて。そういうのはいいってば。

言いたいことは次々と浮《う》かんでくるのに、息がもれるだけで声にならない。

(ヤバイ、どうしよう、頬《ほお》が熱くなってきた……)

ドキドキしっぱなしのわたしに、蓮くんはさらに鼓動《こどう》が速くなるようなことを言う。

「鈴が文化祭で自分の歌を聴《き》いて泣いてくれたとき、オレの中で針が振《ふ》り切れちゃったんだよね。それで気がついたら、後夜祭で告白してた」

「誰《だれ》かを守りたいって思ったのは、鈴がはじめてだった。鈴のおかげで、オレはずっと引きずってた未来を卒業できたんだ」

「鈴はさ、オレのことスキ？　それともキライ？」

いつかと同じ質問に、息が止まった。
けど、わたしを映す瞳《ひとみ》も、問いかける声も、かすかに揺《ゆ》れていて。
蓮くんも同じように緊張《きんちょう》してるんだってわかったら、余計な力が抜けた。

『キライさえ裏表
　僕ら今　恋《こい》してる』

アカペラで、『スキキライ』の一番お気に入りの部分をうたってみせた。
突然《とつぜん》のことに蓮くんは目を丸くして、言葉を失っている。
今度は、わたしの番だ。

「……わたしは人前が苦手で、ひっそりと目立たずに、平穏《へいおん》無事にすごしていきたいって願ってた。だからピアノも、うたうのも大好きだけど、蓮くんがいなかったら、ああやって人前で弾く日なんて一生こなかったと思う」

「それだけじゃなくてね……。蓮くんと一緒にすごす時間は本当に楽しくって、自分がこんなに笑えるんだってはじめて気づけた」

かたくなに見ようとしなかったのは、自分の本当の気持ちだった。
波風の立たない安全な世界から出るのが怖《こわ》くて、変わっていく自分から目をそらして。
変化を起こしてくれた蓮くんの存在さえ、遠ざけようとしてたんだ。

「鈴、もう泣かないでよ」

「……スキって、こういう気持ちなんだね」

「え？」

「わたし、蓮くんがスキ」


「…………………え？　ええ？　えええー!?」


「蓮くん、顔真っ赤になってる」

「そ、そりゃなるよ！　念願の彼氏彼女だもん、リア充《じゅう》の仲間入りだもんっ」

やけくそ気味に叫《さけ》ぶ蓮くんに、例の存在を思い出す。

制服のポケットに手を入れると、ずっと出番を待っていたストラップと指先がぶつかる。


「……これ、受け取って。レインボークォーツのお礼」

急激にはずかしくなって、少しだけぶっきらぼうな言い方になった。

でも蓮くんは気にしてないどころか、マンガみたいに目を丸くしている。

「そ、そそ、それ！　スキキライ　リア充ストラップ……！」

蓮くんの手にブルーのストラップを載《の》せ、わたしはケータイを取り出す。

キュンキュンストラップことピンクのお守りが、熱をはらんだ風にゆらゆらと揺れる。

「二つセットで持ってると、恋が叶《かな》うんだっけ。伝説、本当だったね」

夕陽《ゆうひ》が沈《しず》み、東の空には月がのぼってきている。

わたしたちはどちらからともなく手をつないで、その淡《あわ》い光に包まれた。

♥ ✦ ♥ ✦ ♥

一年後、わたしはハニーワークスの正式なメンバーになっていた。

高校生活最後の文化祭を前にして、蓮くんはいつも以上にはりきっている。

「なんだかんだ、去年もＭＶＰをとれなかったもんねー」

「まさか一票差に泣くとは思わなかった……！　って鈴、他人事《ひとごと》みたいに言ってないでよ」

放課後の視聴覚室《しちょうかく》で、すっかり指定席になったキーボードの前に座っていて。

マイクスタンドそっちのけで、蓮くんがわたしの前に立っている。

少し騒《さわ》がしい空気が、今の二人の日常だ。


「ヤベェ！　すげぇの来た……！」

壊《こわ》しそうな勢いでドアを開け、めずらしくハイテンションな弦巻くんが駆《か》けこんできた。

蓮くんもあっけにとられたみたいで、目をぱちぱちさせている。


「何がヤバイって？　来るって、何が、どこに？」

「初音未来《はつね》だよ！　文化祭のスペシャルゲストに、あの歌姫《うたひめ》が来るんだと！」

「ふーん……って、あの未来？　マジで？　すごいじゃん！」

「だろ？　いくら元・ウチの学校だったからって、フツー無理だろ」

「やったね、鈴！　未来に会えるよ!!」

興奮気味の蓮くんに肩《かた》をバシバシと叩《たた》かれるけど、不思議と痛みは感じなかった。

だって、ちっとも現実味がない。

何度も頭の中で繰《く》り返していると、次第《しだい》に鼓動《こどう》が速くなってきた。

「……ど、どうしよう……わたし、心臓もつかな……」

「え？　ちょ、何その反応⁉　ねえ鈴、オレにもドキドキしてよ〜〜」

半泣きの蓮くんに、わたしと弦巻くんは思わず顔を見あわせる。

次の瞬間《しゅんかん》に大爆笑《だいばくしょう》してしまって、視聴覚室に蓮くんの抗議《こうぎ》の声が響《ひび》く。


蓮くんと彼氏彼女になってはじめて迎《むか》える夏が、すぐそこまで来ていた。

この時季特有の、激しい嵐《あらし》と共に。

見てる
見てる
じー……
じ
ボクの事
見てる～

naki mushi
泣キ虫カレシ

高校生活最後の夏が終わった。
今年は鈴とあっちこっちに行って充実《じゅうじつ》してた分、いつも以上に短かった気がする。
授業もはじまったのに、頭切り替《か》えられるかマジで不安だったりして。
（それもこれも、鈴がどうしようもなく可愛《かわい》いから……！）

約一年と半年におよぶ片想《かたおも》いの末ゲットできたカノジョは、とにかく可愛い。

ひたすら可愛い。どうしようもなく可愛い。国宝級に可愛い。

オレが調子に乗ってバカなこと言うと、すかさず怒《おこ》ってくれるとことかホント最高だし。

言いすぎちゃったかなって心配そうに目を泳がせるやつ、あれも反則だと思う。


だけど最近、鈴の様子がちょっとおかしかった。

オレのカン違《ちが》いじゃなければ、それはとあるニュースが届いたときからだ。

今年の文化祭では、ビッグゲストがステージに立つ。

卒業生にして伝説の歌姫こと、初音未来が。

詳細《しょうさい》はボカされたけど、今回はいわゆる凱旋《がいせん》ライブらしい。

昨年以上に海外のフェスが続くから、しばらく日本に戻《もど》れないのも理由なんだとか。


（生徒会から正式に発表があったときの反応、ヤバかったなぁ）

未来の音楽がスキなやつはもちろん、彼女のサクセス・ストーリーってのに憧《あこが》れてる子も少なくないんだって、改めて気づかされた瞬間だった。

そういえば鈴も、未来に憧れて逢坂学園を受験したって言ってたっけ。


『未来さんが文化祭に来るの？　ホントに？　うわ、どうしよう……』

こんな鈴を見るのはじめてってくらいの動揺《どうよう》っぷりに、オレは思わず笑っちゃって。

ジロッとみあげられて、それも可愛くって、ぽんぽんと頭をなでた。

『大丈夫《だいじょうぶ》だって、いつも通りにしてなよ。鈴はそのままで可愛いんだから』

『か、可愛くないから！　それに、そういう話はしてませんっ』

『うん？　じゃあ、何』

『……軽音部の後輩《こうはい》として、緊張《きんちょう》してるの！』


そのときは「そういうもんなんだ？」って、少し微笑《ほほえ》ましくも思ってた。

でも言葉とは裏腹に、どこか鈴の表情はスッキリしなくて。

（オレと未来のこと、鈴はどう思ってるんだろう……？）

♥　✦　♥　✦　♥

「プロフィールはこんなもんかな。あとは肝心《かんじん》の音源か……」

自室でPCをいじりながら、ついひとりごとがもれる。

いつもながら部屋はひどく静かで、やけに響《ひび》いて聞こえた。

少し迷ってから、スピーカーから『スキキライ』を流す。

どうせ今夜も、というか日付が変わらないと、この家はオレ一人だ。

「……あれ、このファイルなんだっけ？」

PCの奥深くに謎《なぞ》のデータを見つけ、マウスをクリックする指が止まった。

ファイルには、数字が四つ並んでいる。

「0309？　0309、何かの日付かな」

数字を読みあげてハッとした。

この日付には覚えがある。

「ああ、中学の卒業式の……」

今度は迷わずクリックすると、思った通りの音源が姿を現した。

三年前、未来へと送った『泣キ虫カレシ』だ。

もともとは未来がつくったもので、最初は女子視点の歌詞だけだった。
そこに男子の視点を加えて、かけあいのようにしたのがオレで。
未来もアレンジを気に入ってくれたみたいで、デビューシングルに収録されていた。
シークレット・トラック扱《あつか》いだからか、歌詞の表示はなかったけど。
でもそのほうが「ぽい」とも思う。

「……未来、元気にうたってんのかなぁ……」

もうメールを送ることもなくなったし、この三年間、一度も会ってない。
それでもオレは、今でも彼女をありありと思い出せる。

中学二年の夏、母が交通事故で亡《な》くなった。
白い布をまとって眠《ねむ》る彼女を前に、残されたオレは立ち尽《つ》くした。
あの人が――遺伝子上、戸籍《こせき》上の「父」が出張から戻ったのは、葬式《そうしき》が終わってからで。
離婚《りこん》係争中のできごとだったから、あっけないくらいに思ったのかもしれない。

唯一《ゆいいつ》の救いは、最悪な男の両親がいい人たちだったことだ。
出張先の海外に戻ったあの人に代わり、中学卒業まで彼らが同居してくれることになった。

当時のオレは、毎日のように泣いていた気がする。
いっそ涙《なみだ》が涸《か》れてくれたらいいのに、一向に止まらなくて……。
せめて祖父母に余計な心配をかけないようにって、とある場所を訪《おとず》れるようになった。

住宅街と公園とを結ぶ、小さな歩道橋。
そこは夕方になると、ほとんど人も通らなくなるから気が楽で。
日が沈《しず》んでいくのをぼんやりと一人で眺《なが》めるのが、たまらなくスキだった。

「……メール？　めずらしい、海斗からだ」

その日も歩道橋の手すりにもたれ、九月になっても夏の匂《にお》いが残る街を見おろしていた。
ジーパンに入れてきたケータイが鳴って、年上の友人からのメールに目を通す。

『ひさしぶり。
今度の日曜に、文化祭でライブをやるんだ。
もしよかったら、見においで。
すごいのが聴《き》けるから』

海斗は三つ年上で、小学校のときに合唱部の先輩後輩《せんぱいこうはい》だった間柄《あいだがら》だ。
逢坂学園に進学してからは、軽音部に所属していた。

しょっちゅう顔を合わせていたわけじゃないけど、折にふれて連絡《れんらく》をくれる。

(不思議と海斗とは、波長とか、音楽の好みがあうんだよなぁ)

その彼が「すごい」というライブは、いったいどんなものなのか。

オレは俄然《がぜん》気になっていた。


「行ってみようかな、文化祭……」

「文化祭なら、逢坂学園はどう？」

(――はっ？)


ひとりごとに質問が飛んできて、思いっきりビクッとなったのを覚えてる。

恐《おそ》る恐るふりかえると、いつの間にか背後には見知らぬ女子が立っていて。

逢坂学園の制服を着た彼女は、ニコニコと微笑《ほほえ》んでいた。

「突然《とつぜん》ゴメンなさい。私、逢坂学園高等部一年の初音未来っていいます」

「……加賀美蓮、鳳笙《ほうしょう》中の二年です」

「ああ、やっぱり！　キミが蓮くんかぁ」

「やっぱりって、どういう……。誰《だれ》かに聞いたんですか？」

「うん、海斗先輩に。私も軽音部の部員なの」

そう言って未来は、隣《となり》に引っ越《こ》してきたのが自分だと明かした。

順番がおかしくてオレは頭がこんがらがったけど、彼女の話をまとめるとこうだった。

夏休みに、ずっと空き家だったオレの家の隣に引っ越してきたこと。

海斗とは一緒《いっしょ》にバンドを組んでいて、文化祭では彼女も何曲かボーカルを務めること。

練習で遅《おそ》くなったとき、この辺の地理に詳《くわ》しくない後輩を心配して、海斗が家の近くまで送っていった。そこでオレの家のお隣さんだと気づき、ひとしきり盛り上がったこと。

当時のオレはかなりの人見知りだったから、海斗の名前を聞いてようやく肩《かた》の力が抜《ぬ》けた。

未来も、少し不思議ちゃんみたいなところはあるけど、すげぇ感じが良くて。

別れ際《ぎわ》には「ライブ、必ず行きます！」と約束していた。

後から気づいたことだけど。

夏休みに引っ越してきた未来が、文化祭のステージに立つのは「異常」だった。

逢坂学園の文化祭は九月の第二週目に開催《かいさい》されるから、ほとんど練習期間はないわけで。

そんな中で転校生が、しかも一年生がマイクをにぎるという。

未来は「二、三曲だけだよ」って言ってたけど、問題はそこじゃない。


今ならまざまざと、どれほどの事件だったかわかる。

そして、未来のすごさも。


実際、海斗の言う通り、彼女のステージはすごかった。

まず声がいい。声量も音域も、ハンパない。

何より表現力が群を抜いてるし、ビブラートのかけ方もキレイだった。

なんて、今のオレならいくらでも称賛《しょうさん》の言葉が出てくる。

でも、まるで知識のない中二の加賀美蓮にだって、ハッキリとわかったんだ。

きっとこういう人をスターと呼ぶんだな、って。
スポットライトの下の未来は、まるで別人みたいに輝《かがや》いて見えたから。
ライブが終わると、オレは迷わずハニワのもとに走った。
そして、勇気をふりしぼって未来に告げた。

「あなたの歌に感動しました。オレを弟子《でし》にしてください！」

❤ ✧ ❤ ✧ ❤

突然の弟子入り宣言から、約一年。
再び夏が巡《めぐ》ってくる頃《ころ》には、未来とオレはすっかり距離《きより》が縮まっていた。
それこそ周りからは「姉弟《きようだい》ですか？」って言われるくらいに。
あのとき、未来に「弟子!?　は、ちょっと無理かな……」と一度は断られた。

けど、彼女の言葉には続きがあって。

「友だちになってくれたら、うれしいな」

そう言って笑顔《えがお》と共にさしだしてくれた手は、オレより小さかった。
亡《な》くなった母さんの手を思い出して涙腺《るいせん》がゆるんだけど、ぐっとこらえて……。
未来のやさしい気持ちごと、ありがたく受け取ったのだった。

友だちになってからは、時間が過ぎるのがあっというまで。
二人で初詣《はつもうで》に行ったり、花見したり。
いつだって、隣には未来がいた。

毎日が楽しくて、年の差が少しだけもどかしくて、ずっと一緒にいたくて。
十四のオレは、自分の気持ちに振《ふ》り回されてばかりだったと思う。

だから、なんて言い訳にもならないんだけどさ。

未来の笑顔の陰《かげ》にあるものを、ちっとも気づけないでいた。

これも今にして思えば、だけど。
未来が帰宅時間を気にしたことはなかったし、親の話題も出なかった。
それを自意識過剰《かじょう》なオレは、てっきり気づかってくれてるんだろうと思ってて。
海斗から何か聞いてるのかなとか、未来がそのつもりなら、なんて甘えることにした。

本当は、少しでも頭を働かせるべきだったのに。
そうしたら、何かが変わっていたかもしれないのに。

きっかけなら、いっぱいあったはずなんだ。
たとえば、中学最後の夏祭りとか。

その日の未来は、ふと会話が途切《とぎ》れるたびに下を向いていた。
やがて何かを決意したように顔をあげるけど、「次はどこ行く？」なんて言うだけで。
なんだか嫌《いや》な予感がして、オレは浴衣《ゆかた》姿の未来を連れ回した。

「蓮くん、なんでそんなに早足なの？」

「のろのろ歩いてたら、お店全部見れないじゃん」

「あはは！　意外と食い意地はってるんだね」

人の気も知らないで、よく言う。

そんな風に思って、オレは少しピリピリしてた。

未来から何を言われるのか不安だったし。

無遠慮《ぶえんりょ》に彼女へ声をかけてくる野郎《やろう》たちも気に食わなかった。

隣《となり》に立つオレが、弟にしか見えなかったんだろう。

そういう周囲の視線も痛いほどわかってたから、余計にイライラしてた。

「……ねえ、未来」

「はいはい、今度は何がほしいの？」

「……オレまだ何も言ってない」

「言わなくてもわかるよ。目をギラギラさせて、お店見てるんだもん」


くすくすと笑う未来につられて、オレも苦笑いがこぼれた。

いくら肩肘《かたひじ》はっても、彼女にかかればあっさり崩《くず》されてしまう。


仕方ないな、敵《かな》わないなと思いながら、所狭《ところせま》しと並ぶ宝石たちを指さした。

もちろんホンモノなんかじゃない、ただのオモチャだ。

それでもオレは「コレだ！」って思った。


「未来、おそろいにしよ」

「え？　これを……？」

「ダメ、だった？　あの、イヤなら別に無理にとは……」

「ううん！　そんなことない。ただちょっと、驚《おどろ》いたっていうか」

「あ、わかった。オレのこと、またこども扱《あつか》いしたんでしょ？」

「まあ、そうとも言うかな」

たしかに、こどものオレが指輪とか言い出したらビックリするだろう。
冷静にふりかえれば、納得《なっとく》の返事だった。

けどやっぱ、当時は不服で。
オモチャの指輪にこめたオレの想《おも》いに気づいてくれないのかって、悔《くや》しかった。
たとえニセモノでも、オレにとってはホンモノだった。

反面、自信がないのも事実で。
イミテーションなら断られないだろうって、頭のどっかで計算してた。

こども　と　おとな。
気づいてほしくて、このままでいたくて。
ゆらゆら天秤《てんびん》を揺《ゆ》らしながら、いつ自分の気持ちが決壊《けっかい》するだろうか考えてた。
そうやって青春してるつもりで、やっぱ自分のことばっかだったんだ。

だから、罰《ばち》があたったんだと思った。

中学の卒業式前日、夕方過ぎに未来から呼び出された。
場所は、いつもの歩道橋。

頭のどこかで警報が鳴っていた。
けど聞こえないふりをして、楽譜《がくふ》を片手に向かった。
未来に最終試験をしてもらうんだって、そんな風に自分に言い聞かせてたと思う。

式では合唱することになっていて、オレはソロパートを担当することになっていた。
未来は弟子《でし》にはしてくれなかったけど、歌の練習にはつきあってくれた。
だからソロパートは、二人で勝ち取ったものだった。

当日は祖父母と、それから未来にも来てもらって、いいとこ見せたいとか思ってて。

それはもう必死になって練習したのを覚えてる。

だけど、それなのに、なんで……。

どうしてイヤな予感ばっかり当たるんだろう。

彼女から告げられたのは、正真正銘《しょうしんしょうめい》、別れの言葉だった。


「……今、なんて……？」

「東京に行くの。プロになるために」

（そんな……そんなのオレ、聞いてない……）

体に衝撃《しょうげき》が走って、声なんて出なかった。

乾《かわ》き切った唇《くちびる》がわずかに動くだけで、のどがヒュッと鳴る。


「ライブに音楽事務所の人が来てくれて、スカウトされたの」

動揺《どうよう》しまくるオレとは対照的に、未来はどこまでも静かだった。

最後の最後まで、彼女から「迷ってる」とか「予定」なんて単語は出なかった。

（未来、本気なんだ……）
決意が固いことは疑いようもなく、オレは絶望にも似た気持ちでうつむいた。
「……いつ行くの？」
「明日」
その言葉を聞いた瞬間《しゅんかん》、息が止まった。
目の前が真っ暗になって、立ってるのも不思議なくらいで。
（……未来、もう指輪してない……）
それがどういう意味なのか、聞くまでもなかった。
もう本当にどうしようもないんだって思い知って、ふっと目を伏《ふ》せた。
それから勢いよく夕陽《ゆうひ》に染まる空を仰《あお》いで、深呼吸を繰《く》り返す。
ごちゃごちゃした頭の中に、未来との思い出たちが浮《う》かんできて……。

オレは無理やり、笑顔《えがお》をつくってみせた。

「ねえ、未来」

何度となく、それこそ毎日のように呼んだ名前だ。

なのに、こんなに……。

声に出すだけでこんなに胸がふるえるなんて、今日まで知らなかった。

「笑って」

そう言って、オレは未来の頭をなでた。

感情が消え去っていた彼女の顔に、ゆっくりと色が戻《もど》ってくる。

じっと何か言いたげに見つめられて、自分の頬《ほお》を伝うものに気がついた。

『これで終わりね泣かないの』

ふいに、未来がアカペラでうたいだした。
透《す》き通った空気へと、澄《す》んだ高音がとけていく。
泣きながら呼吸を繰り返すオレの中にもとけて、しみこんでいった。

『泣キ虫に魔法《まほう》を
涙《なみだ》止まる魔法を
私と同じ顔するのよ　笑おう』

未来に魔法をかけられて、オレは笑って彼女を見送ることができた。
その年は桃の開花が遅《おく》れていたから、式当日は二分咲《にぶざ》きくらいのはずで。
だけど翌日、桃は一気に咲《さ》き出していた。
――旅立ちを祝うように。

東京に旅立った未来から、連絡《れんらく》は一度もなかった。

それだけじゃない。

有名になるに従ってマスコミに取り上げられるようになっても、彼女が地元の思い出を語ることはほとんどなかった。逢坂学園に転校してくる前のことも、だ。

プロフィールは最小限しか明かさない。

それが事務所の方針らしかった。

だけど本当のところは、本人がふれたくなかったのかもしれない。

未来の両親は、離婚《りこん》係争中だったのだ。

ワイドショーでその事実を知ったとき、オレはバカみたいに動揺してしまった。

同じだったんだ、二人は。

なのに、一方的に励《はげ》ましてもらうばっかりだった。
何も言わずに寄り添《そ》ってくれた。
未来の笑顔の陰《かげ》にあるものを、見ようともしなかったオレに。

それからオレは、今まで以上に音楽に没頭《ぼっとう》した。
『泣キ虫カレシ』に歌詞を足したのは、オレなりの返事のつもりだった。

あのときは何も言えなかったけど。
もう大丈夫《だいじょうぶ》だなんて、ウソでも言えないけど。
それでも、伝えたいことがあったから。

数日後、未来から返信が届いた。

メールに書かれていたのは、たった一言。


「ありがと」


当時のオレは、それを目にしてまた号泣《ごうきゅう》した。

十七のオレなら「こちらこそ」って言えるんだけどね。


「うーん、改めて聴《き》き直すと……やっぱ下手《へた》だなぁ」

三年前はまだ声変わりの途中《とちゅう》だったから、歌声自体もかなり不安定だ。

それでも不思議な魅力《みりょく》というか、一生懸命《いっしょうけんめい》さは伝わってくる。

って、自画自賛だけど。


ブブブ……。

スマホのバイブが鳴って、メールが届いたことを報《しら》せる。

タップすると、鈴の名前が飛びこんできた。


『明日部活に持ってくおやつ、何が食べたい？』


鈴がつくってくれるものなら、なんでも。

そう正直な気持ちを伝えたけど、きっとまた怒《おこ》られちゃうんだろうな。

なんでもいいのが一番困る！　とかって。


「ホント、鈴は可愛《かわい》いなぁ」

誰《だれ》に聞かせるわけでもないのに、自然と声が出る。

こういうのがきっと、恋《こい》ってやつなんだ。


中学生のオレは未来に恋をしていたけれど、そう信じていたけれど。

実際は愛情を与《あた》えてもらうばかりで、ただ甘えていただけなのかもしれない。

そのことに気づけたのは、鈴に恋をしたからだ。

放課後の音楽室に、鈴がたった一人いて。
泣きながらピアノで『泣キ虫カレシ』を弾《ひ》き語《がた》りしてるのを見たとき、確信したんだ。
彼女だって思ったんだ。

自分と同じ曲で、同じように泣いてる子。
そこが出発点だったけど、気がつけばいつも目で追うようになってた。
鈴は人間関係が不器用だったから、最初は見てるこっちがハラハラした。
でも、それだけの子じゃなかった。
誰かが見てないところでも、ズルをしない。
周りを冷静に見てて、自分が不利になってでも助けてあげられるくらい強い。

ダメ押しは、一昨年《おととし》の文化祭。
オレがうたう『泣キ虫カレシ』を聴いて、人目もはばからずに泣いていた。

あ、伝わった。
オレの想《おも》いが、たしかに誰かに伝わったんだ。

そう思ったとき、針が振《ふ》り切れちゃって。
とにかく誰かにとられる前にと思って、その日の後夜祭で告白してた。

誰かを守りたいって思ったのは、鈴がはじめてだった。
一方的に、頼《たよ》り頼られるんじゃイヤだって思った。

「鈴の笑顔《えがお》が曇《くも》らないように、オレがそばで守っていくんだ」

そのためにも、いい加減に伝えなきゃいけない。
リミットは、刻一刻と迫《せま》ってきている。

明日も明後日《あさって》も、その先も一緒《いっしょ》にいたいから。
オレの夢の話をしよう。

あ…

ハジマリノサヨナラ

視聴覚室《しちょうかく》の開け放った窓から、にぎやかな声がひっきりなしに聞こえてくる。

文化祭まで、残り一週間。

放課後になれば、それこそ校舎のあちこちが戦場と化していた。


かくいうわたしも、家庭科部と軽音部のかけもちで寝不足《ねぶそく》の日々を送っている。

だからって、絶対に手を抜《ぬ》くわけにはいかなかった。

あの未来さんが！　わざわざライブをしに来てくれるんだから。


「蓮くん、遅《おそ》いなぁ……。早くアレンジを決めちゃいたいのに」

最近、蓮くんはしょっちゅう先生から個人面談を言い渡《わた》されていた。

夏休みが明けてからは、週二日のハイペース。

（理由は……やっぱりアレだよね……）

チラッと壁《かべ》にかかった時計を見れば、もうすぐ一時間が経《た》とうとしている。

調理室のほうに顔を出そうかとイスを立つと、突然《とつぜん》ドアが開いた。

「おーまーたーせー……」

ダルそうに歩きながら、蓮くんが疲《つか》れ切った様子で入ってくる。

「お疲れ。先生、今日はなんて？」

「それがさ、前回とまーったく同じこと繰《く》り返されたんだよ。深刻な顔で『高校卒業後は上京して、歌一本でやっていくなんて言ってるが、本気なのか？　本気なのか⁉』って」

「すごい、蓮くんモノマネ上手！」

「……それ、先生にも言われた。ドヤ顔で『ミュージシャンってのは、本当に狭《せま》き門だ。おまえの場合、いっそアイドルとか芸人を目指したほうが可能性があるんじゃないか』って」

「ああ、うん……」

先生が言うことも一理あるかも。

想像してみたら、なんか異様に似合ってるし。

そんなことを思ってると、蓮くんが不機嫌《ふきげん》そうにこっちを見てくる。

「言っとくけど、頭にハチマキ巻いて短パンにランニングシャツとか、絶対やらないから」

「……ハイ？　何それ」

「えっ、見たことない？　昭和の超《ちょう》売れっこアイドルに、そういう人たちがいたんだよ。いま見ると、一周回ってロックだよね」

なんだ、意外とノリノリなんじゃん？

以前のわたしなら、たぶんそうツッコんでたと思う。

でもずっと間近で見てきて、蓮くんが音楽に本気なのはわかってるから言葉はのみこんだ。

「だいたい芸人っていうなら、鈴のほうが似合うし」

「ひどい！　それ言うなら、蓮くんの方が１００倍似合うし！」

彼氏彼女になってからも、わたしたちの軽口合戦は終わらなかった。

というか、むしろ悪化してる気もするんだよね。それこそコントみたいに。

だけどそれは、蓮くんなりにタイミングをはかってるんだってこともわかってきた。

「……ところでさ」

ほら、きた。

ひとしきりアホなことを言って笑いあったあと、急に真面目《まじめ》な声になるんだ。

なんとなく、何を聞かれるのかもわかってる。

「鈴はもう、製菓《せいか》学校の候補しぼった？」

「……本命は決めたよ」

「やっぱり地元？　オレと一緒に東京行かない？」

「蓮くん、それは……」

「学校に通いながらでもいいんだ。東京で、二人で、音楽やるのも考えてみて」

最初は冗談《じょうだん》だと思った。

でも事あるごとに誘《さそ》われて、だんだんわからなくなってきた。

（もしかしなくても、本気なのかな……）

もちろん東京で音楽をやっていくのは、ハードなことってわかる。

(なんだけど、蓮くんと一緒《いっしょ》なら楽しいんだろうなって思っちゃうんだよね)

いまみたいにずっと隣《となり》でうたっていけたなら……。

そんな甘くないってわかってても、夢みたいなことを心のどこかで思っちゃう自分もいる。


「答えは急がないから」

「……うん」

やさしく笑う蓮くんに、わたしは小さくうなずく。


あえて言葉にはしないけど。

本当はお互《たが》い、もう猶予《ゆうよ》がないことはわかってる。

もう高三の秋だ、受験方法によっては出願受け付けもはじまっていた。

だから先生も、なんとか蓮くんを思い留《とど》まらせようと焦《あせ》っている。

(ぶっちゃけた話、蓮くんの成績は学年でも上から数えたほうが早いしね)

職員室で蓮くんの進路に賛成してるのは、顧問《こもん》の芽衣子先生くらいらしい。

と、廊下《ろうか》からピンヒールの音が聞こえてくる。

規則正しく、かつ迫力《はくりょく》あるリズムを間違《まちが》えるはずもない。

ウワサをすればなんとやら、芽衣子先生だ。


「おーい、加賀美に音崎！　連れてきてあげたわよ」

勢いよくドアが開き、芽衣子先生はご機嫌《きげん》な調子でそう言った。

誰《だれ》ですか？　なんて、聞くまでもなく。

先生のあとから入って来た人を見るなり、わたしはたまらず叫《さけ》んでいた。


「み、みみ、未来さん……!?」


そう、目の前に降臨しているのは、初音未来さんだった。

（すごい……。雑誌やネットで見たままの、ううん！　それ以上のオーラだよ〜）

小顔でスラッとしていて、まるでモデルさんみたいだ。

「はじめまして、卒業生の初音未来です。あなたが音崎鈴さん、かな？」

「あっ、はい！　すみません、いきなり叫んじゃって……」

「そんなことないよ。私のこと知っててくれて、すごくうれしかったんだから」

うわー、どうしよう！

わたし、あの未来さんに微笑《ほほえ》みかけられてるんですけど!?

真っ赤になって声も出ないわたしを見て、蓮くんが苦笑《くしょう》まじりに前に出た。

「見ればわかると思うけど、鈴は未来の大ファンなんだ。逢坂を受験したのも、未来と同じ学校に通いたかったからなんだってさ」

ちょっと蓮くんってば！　よりにもよって、なんでソレをぶっちゃけるかな？

はずかしさと恐《おそ》れ多さに、顔から火が出そうになる。

「時期がかぶってなくてもいいの！　母校が一緒なのは事実だし！　ってことみたい」

もだもだしてるわたしの横で、蓮くんがハイテンションで続ける。

これ以上は言わせるもんかと見上げたら、笑顔でびしっと親指を立ててくる。

そして、ふっとまじめな顔になると、未来さんに手をさしだした。

「ひさしぶりだね、未来」

「わー！　蓮くん、背、伸《の》びたねぇ」

未来さんは、とびきりの笑顔で蓮くんと握手《あくしゅ》した。

歌姫《うたひめ》のときに見せるものより、なんだかずっとやわらかかった。


蓮くんと、未来さん……。

二人の再会を、わたしはちょっぴり心配していた。

でも目の前には極上《ごくじょう》の笑顔があって、そんな心配は吹《ふ》き飛んでた。


「もしもし、鈴ちゃーん？　目がハートになってるのはいいけど、それ未来にでしょ！」

二人の再会に感動してたわたしの頬《ほお》を、蓮くんがひっぱってきた。

「もう、蓮くん！　初音さんの前でヘン顔させるなんてひどいじゃんっ」

「やだな、鈴はいつだってかわいいよー？」

「ご、誤魔化《ごまか》されてなんかあげないんだからねー⁉」

「ちょっと、そこのバカップル。話進めていい？」

芽衣子先生のあきれた声に、はっと我に返る。

慌《あわ》てて頭をさげて「すみません」を連呼すると、未来さんの軽《かろ》やかな笑い声が響《ひび》く。

（笑い声も素敵《すてき》なんて反則だよ……）


「っとに、どこまで話したんだっけ？　ええと、こちらが初音未来さんで……」

「未来のマネージャーをしております、巡音瑠花《めぐりねるか》と申します」

それはわたしのとは比べものにならないほど、とても綺麗《きれい》なお辞儀《じぎ》だった。

クールでハスキーな声。

落ち着いていて、なんだかミステリアスな雰囲気《ふんいき》が漂《ただよ》っている。


「音崎鈴さんに、加賀美蓮くん……」

再確認《さいかくにん》するように名前を呼ばれ、凛《りん》とした瞳《ひとみ》と視線がぶつかった。

ぺこりと会釈《えしやく》すると、ふっと巡音さんの表情がやわらぐ。

「写真や動画で見たよりも、ずっといいわね」

「えっと……？」

いったいなんのことだろう。

首を傾《かし》げるわたしの横で、急に蓮くんが早口でしゃべりだす。

「あーっと！　ちなみにオレと未来は」

「お知り合いなんだそうですね。家が隣同士《となりどうし》だったとか」

「そう、そうなんです。って言っても、こうして会うのは三年ぶりですけど」

「三年？　もうそんなになるんだ……。海斗先輩《せんぱい》は元気？」

「来年には、海外の大学から帰ってくるよ」

巡音さんからバトンタッチするみたいに、未来さんが話に加わった。

二人にしか通じない話題ではあったけど、楽しそうな様子に少しほっとする。

長く会ってないなんてウソみたいな盛り上がりだ。

チリッ。

心臓のあたりが痛んで、わたしは驚《おどろ》いてシャツの上から手を当てた。

（なんだろう？　刺《さ》すみたいな、しめつけるみたいな……）
はじめての感覚に戸惑《とまど》っているわたしをよそに、蓮くんたちの話は進んでいく。
意識の外でそれを聞いていると、文化祭のための新曲という単語が飛びこんできた。
「それ、いま聴《き》ける？　少しだけでいいんだけど」
めずらしくうわずった声で、蓮くんがまくしたてる。
未来さんはチラッと巡音さんを見て、それからにっこり笑った。
深呼吸をひとつ、ふたつ。
あっと思った瞬間《しゅんかん》、その場の空気が一変する。

『同じ時間数えすぎたね　忘れるのは難しいよ
キミの音が溢れたみたい』

そのときたしかに、時間が止まった気がした。
マイクなんてないのに、澄《す》んだ声はどこまでも伸びて……。

未来さんからはオーラのようなものが放たれていた。

「いま披露《ひろう》できるのは、ここまで」

未来さんの言葉を聞いても、すぐには理解できなかった。

少し経《た》って蓮くんが拍手《はくしゅ》する音に、ようやく現実世界に戻《もど》ってくる。

「さすが未来、曲も歌もサイコー。ね、鈴もそう思ったよね？」

蓮くんに同意を求められても言葉にならなくて、わたしはとにかく必死にうなずく。

「本当？　うれしいな」

そう言ってはにかむように笑う未来さんは、直視できないくらいの可愛《かわい》さで。

わたしはさらにドキドキする鼓動《こどう》を抑《おさ》え、感想を伝えようと口を開いた。

――だけど、一瞬《いっしゅん》遅《おそ》かった。

「いまのはね、あの曲……『泣キ虫カレシ』のアンサーソングでもあるの。それでね、ライブでは蓮くんも一緒《いっしょ》にうたってほしいなって」

しんと部屋が静まり返った。

何ごとか打ち合わせしてた芽衣子先生と巡音さんも、ぴたりと黙《だま》っている。

呼びかけられた蓮くんはといえば、あっけにとられたように目を丸くしていた。

『泣キ虫カレシ』は、蓮くんと未来さんの思い出がつまった曲で。

そのアンサーソングでもあるという新曲を、ステージで一緒にうたえる——。

そう思ったとき、わたしの体はひとりでに前へと進み出ていた。


「蓮くん、やったね。こんな機会、めったにないよ！」

「……そう、だろうけど……」

「めったにどころか、もうないかもなんだよ？　やるしかないじゃん」

「鈴……」

パンッと蓮くんの背中を叩《たた》くと、かすかに震《ふる》えているのが伝わってきた。

（うん、緊張《きんちょう》しないわけないよね……）

それでもこのチャンスをつかんでほしくて、今度はそっと前に押す。

すると、普段《ふだん》ならびくともしない大きな背中が、ゆっくりとだけど動いてくれて。

蓮くんは未来さんと真っ正面から向き合って、ぺこりとお辞儀した。

「……よろしく、お願いします」

「こちらこそ」

(よかった。よかったね、蓮くん……!)

心の中で呼びかけたのが聞こえたのか、くるりと蓮くんがふりかえった。

そしてわたしの手を取り、思い切り自分のほうにひっぱる。

「ごめーん、肝心《かんじん》なこと言い忘れてた」

前にも聞いた覚えのある台詞《せりふ》に、むしょうに心臓がざわついた。

まさか、もしかして、ウソでしょう?

「うたうときは、鈴も一緒だからね！」

（三日……三日……⁉　どうしよう、文化祭まであと三日しかない……！）
何度ケータイを確認《かくにん》しても、日付が変わるはずもなく。
放課後、貸し切り状態の視聴覚《しちょうかく》室で、わたしは思う存分ため息をはいた。
例の蓮くんのとんでも発言は現在進行形で、信じられない展開を迎《むか》えている。
なんと！　未来さんと蓮くん、そしてわたしがマイクをにぎることになったのだった。
（どうしてこんなことに……『絶対ムリです！』って言ったのに……）
蓮くんはちっとも話を聞いてくれないし、なんか芽衣子先生も乗り気になってて。
あろうことか、マネージャーの巡音さんまで「おもしろそうね」って言い出した。
しかも未来さんが「楽しみだね」って、微笑《ほほえ》んでくれて——。

あこがれの人に、あんなうれしそうに言われて断れる人間がいるだろうか。

いや、いない！

（……わたしはただ、未来さんのライブが見たかっただけなのになぁ）

そのステージに蓮くんも一緒に立つってところまでは、大歓迎《だいかんげい》だったけど。

自分も参加することになるなんて、予想外もいいところだった。

去年の文化祭でライブに飛び入り参加して以来、地元のライブハウスでうたったことは一度や二度じゃない。それなりに数を重ねてきたし、応援《おうえん》してくれる人たちも現れた。

だけどそれは、あくまでアマチュアレベルの話だ。

（真剣《しんけん》に音楽をやってる蓮くんはまだしも、わたしには……ムリだよ……）

未来さんから新曲のデータはすでに送られてきていて、自主練もはじまっている。

今日も蓮くんたちと合わせる予定だったけど、弦《げん》が切れたとかで買い出しの真っ最中だ。

わたしだけ残ったのは、少しでも練習しておきたかったからで……。

（でも結局、一人になるとグルグル考えちゃって進まないんだよね）

ここのところ、不整脈っぽいのが続いてるのも気になっていた。

蓮くんが未来さんの新曲をうたうたび、いきなり鼓動《こどう》が速くなったり、チリチリッとやけるような感覚を覚えたりする。こんなのはじめてで、実は地味に心配になってるんだよね。

（ホント、どうしちゃったんだろう……）


「ため息ついて、どうしたの？」

「それが実はあああ⁉　初音さん！　うそ、ホンモノ⁉」

「この間も思ったけど、音崎さんは声量あるねぇ」

ほめられてうれしい。うれしいけど、死にそう。

ひょいっとドアから顔をのぞかせる未来さんと目があって、心臓が飛び出しそうになる。

ジーンズ姿にキャスケット、赤縁《あかぶち》の眼鏡。

変装用なのか、いつもの未来さんとは雰囲気《ふんいき》の違《ちが》う格好をしていた。

「あ、あの……蓮くんたちは……」

「ううん、今日は音崎さんに会いに来たの」

「わたしに？　み……初音さんが？」

「未来でいいよ。私も鈴ちゃんって呼んでいいかな？」

「おおお、恐《おそ》れ多いです……」

恐縮《きょうしゅく》しまくるわたしに、未来さんが悪戯《いたずら》っぽく笑う。

「ねえ鈴ちゃん、デート行こう！」

「デート？　デートっていうと、あの……わあ⁉」

質問もそこそこに、ぐいっと腕《うで》をひっぱられた。

そのまま、すたすたと歩いていく未来さんについていく形になる。

「友だちと遊びに行くの、ひさしぶりだなぁ。どこから行こうか」

（……ひさしぶりなんだ。そっか、忙《いそが》しいもんね）

未来さんは去年、アリーナツアーをしていたし、海外のフェスにも呼ばれていた。合間にシングル三枚、アルバム一枚。CMや雑誌にも登場していて、うちの両親も「このこ、よく顔を見るね」なんて言って、自然と名前を覚えていたみたいだった。

そんな人が、母校とはいえわざわざ文化祭のライブでうたってくれる。

しかも新曲を用意してきてくれて、一緒《いっしょ》にステージに立とうって言ってくれてる。

（いつまでも緊張《きんちょう》とか気がひけるとか、そういうの理由にして逃《に》げてちゃダメだ）

せっかく時間をつくってくれたんだもん、ここで距離《きょり》を縮めなきゃ！

「未来さん、甘いのスキですか？」

「うん、大好き」

「じゃあクレープ屋さん行きませんか？　駅前に、すっごいおいしいとこあるんです」

クレープを食べたあとは、ショッピングモールを回ることにした。

未来さんに洋服を見てもらって、今日だけでぐっとセンスが良くなった気がする。

日が暮れる頃《ころ》には、すっかり「鈴ちゃん」って呼ばれるのにも慣れていた。

「お店見て回っただけなのに、もう足がパンパンだぁ」

糖分補給と休憩《きゅうけい》に立ち寄ったカフェで、未来さんが苦笑《くしょう》まじりに足をさすった。

「あはは。結構歩きましたもんね」

「鈴ちゃんは平気なの？」

「芽衣子先生に、外周と筋トレを課せられてるので……」

「なるほどー。私もがんばらなきゃな」


（……あれ？）

ふいに未来さんの表情が曇《くも》った気がして、向かいの席を凝視《ぎょうし》してしまう。

「なぁーに、鈴ちゃん。私の顔、何かついてる？」

「あっ、いえ……」

よかった、カン違いだったみたいだ。

慌《あわ》ててパフェを口に運ぶと、今度は未来さんがじっとこっちを見ていた。

（どうしたんだろう……。ハッ！　わたし、大口開けすぎ？）

「いまの顔、蓮くんにそっくり」

「えっ……」

「蓮くんも甘いもの好きで、ケーキバイキングとかよく一緒に行ったなぁ」

チリッ。

胸の奥がやけるような感覚に、わたしは息をのむ。

「ふふっ、懐《なつ》かしい」

未来さんが心からそう思ってることは、声からも表情からも伝わってくる。

（蓮くんだって、そう……）

視聴覚室《しちょうかく》で再会したとき、未来さんに送られた視線は太陽を見るときにも似ていた。

まぶしくて、目を開けていられない。でも、見たくてたまらない。

そんな声が聞こえてくるような……。

「――どうして二人は別れちゃったんですか」

ぽつんとこぼれた声は、わたしのものだった。

(うわ⁉　ウソでしょ、いまなんて……)
とっさに口を手で押さえるけど、こぼれた言葉はもう戻《もど》らなくて。
同じように驚《おどろ》いてる未来さんと視線をあわせられず、黙《だま》ってうつむくしかなかった。

未来さんと二人きりになって、はじめての沈黙《ちんもく》だった。
冷静になるほど、なんてことを聞いちゃったんだろうって頭が痛くなる。
相手は芸能人だし、何よりわたしは会ったばかりの人間だ。
(いくら友だちだって言ってもらえたからって、こんなの……)

謝らなくちゃ。発言を取り消そう。
ようやく頭が回ってきて、わたしはそろそろと顔をあげる。
すると、おだやかな顔をした未来さんと目があった。

「別れたっていうか、そもそも私たちは……なんていうのかな……。ああ、ダメだぁ。私は自分に都合のいいことしか言えそうにないから、蓮くんに聞いてみてくれる?」
「あ、の……でも……」

「大丈夫《だいじょうぶ》。鈴ちゃん、蓮くんと付き合ってるんでしょう？」

そのとき。

わたしはどうしてか、未来さんの質問に答えられなかった。

♥ ✧ ♥ ✧ ♥

未来さんは「私が誘《さそ》ったから」って言って、カフェ代をおごってくれた。

わたしが気まずくしちゃった空気も、さらりと軌道《きどう》修正してくれて。

そのあとカラオケに入ると、新曲をうたうときのコツとか、ツアー中の失敗談なんかも話してくれた。わたしが文化祭での共演に緊張しまくってることも、お見通しだったみたい。

「お姉ちゃんがいたら、こんな感じなのかなぁ」

「うれしい！　私も鈴ちゃんみたいな妹、ずっとほしかったの」

「……あれ、わたし声に出してました？」

「ばっちり。鈴ちゃんって、ほんと素直《すなお》だよね」

お店の駐車場《ちゅうしゃ》に、未来さんの透《す》き通った笑い声が響《ひび》く。

横を通り過ぎる人たちが興味津々《きょうみしんしん》に見てくるから、わたしはさりげなく移動する。

（巡音さんが迎《むか》えに来るまで、しっかり番犬を務めなくちゃ）


ほどなくして、未来さんのスマホに電話が入った。

相手は巡音さんだと思うけど、なんだか難しい話をしているみたいだった。

「鈴ちゃん、もう少し時間ある？　夜から入ってた取材が明日になっちゃって、できればこのまま新曲のアレンジを相談したいなって思うんだけど」

「あ、はい。ぜひ」

「よかった！　じゃあ決まりね。瑠花はあと五分で着くって」


未来さんたちが宿泊《しゅくはく》するホテルには、蓮くんの姿もあった。

巡音さんに呼ばれたとかで、わたしたちが着いたときにはすでにスコアを広げていた。

「提案なんだけど。コード、ちょっといじってみない？」

いきなりの蓮くんの提案に、わたしはぎょっとする。

（プロを相手に、そんなこと言うなんて……）

だけど未来さんは気を悪くした様子もなく、ひょいっと蓮くんの手元をのぞきこんだ。

「どれどれー？　なんか変だった？」

「そういうんじゃなくて、サビ終わりとかさ、未来ってわりと似通ってるじゃん」

「あー……。うん、そうかも」

いつかどこかで、聞いたことのあるようなやりとりだった。

記憶《きおく》をたどるうち、去年の文化祭準備期間中のことがよみがえってくる。

（あれはたしか、蓮くんと弦巻くんの……）

『サビ終わりのコード、前のと同じになってる。つかそれ、未来さんのクセだろ？』

『あー……。うん、理解した』

『無自覚か？　ったく、気をつけろよ』

チリッ、チリッ……。

ああ、まただ。例の感覚がやってくる。

周囲の音が消える代わりに、自分の鼓動《こどう》の音がやけに響いて聞こえた。

「言ってくれてありがとう。クセって、なかなか自分じゃ気づけないから」

「どういたしまして。オレも奏音に、あ、ベースのやつね、あいつに言われて気づいたんだけどさ。なんか未来のクセがうつっちゃったみたいで」

「えー、私のせいなの？　蓮くんと私、やっぱり感覚が似てるんだよ」

音が戻ったと思ったら、聞こえてきた会話にドクンと鼓動がはねた。

（未来さんは感覚が似てるって言ったけど……）

それ以上に、二人は同じ方向を見てるんだと思う。

いまも付き合ってたなら？

もう一度やり直したなら？

どうなってたんだろうな、なんて他人事《ひとごと》のように考えてしまうのを止められない。

「あなたたち、いいコンビね。そういえば芽衣子先生から聞いたんだけど、加賀美くんは進学しない予定なんですって？」

微笑《ほほえ》ましそうに見ていた巡音さんが、ふと何か思いついたように言った。

蓮くんは不思議そうにしながらも、迷うことなくうなずく。

「はい。上京して、音楽一本でやっていきたいなって思ってます」

「えっ、そうなの？」

(未来さんも初耳だったんだ)

根拠《こんきょ》なんてないけど、もう伝えてるんだとばかり思ってたから意外だった。

わたしが考えてる以上に、蓮くんは未来さんと距離《きょり》を取ってたみたいだ。

「ちょうどよかった」

「……瑠花？」

未来さんがいぶかしげに巡音さんを見る。

対する巡音さんは、なんだかとっても楽しそう。

「どうかしら加賀美くん、いっそ未来とアメリカに来たら？」

アメリカ――。

たしかに巡音さんはそう言った。

蓮くんにも、同じように聞こえたらしい。

ぽかんとしたまま「アメリカ？」って、おうむ返しにつぶやいた。

「瑠花っ！　その話はまだオフレコでしょ？」

「明日の正午には発表になるし、二人のことは信頼《しんらい》してるんでしょう」

また、音が遠くなる。

鼓動はさっきよりもずっと速くて、痛いくらいだ。

（未来さん、本当にアメリカに行くんだ……）

実のところ、ウワサだけなら以前からあった。

海外のフェスでも大人気だったし、未来さん本人もインタビューで意欲《いよく》的なコメントをしていたから、ファンなら薄々《うすうす》気づいていたと思う。

「未来すごいな、海外かぁ……。にしても巡音さん、冗談冴《じょうだんさ》えてますねー！」

蓮くんは、フリーズした時間を解凍《かいとう》するように大きな声で笑ってる。

場をとりなすように、ごく自然に。

でもかすかに声はふるえて、うわずっていた。

「あら、冗談なんかじゃないわよ。あなたがうたってる音や、動画はチェックしてる。話題の高校生バンドのボーカル、加賀美蓮くん？」

巡音さんは、蓮くんを試《ため》すように見つめて言った。

対する蓮くんは目を見開いて、それから噛《か》みしめるように笑う。

「そんな風に言ってもらえて……うれしいです」

『蓮くんと私、やっぱり感覚が似てるんだよ』

『どうかしら加賀美くん、いっそ未来とアメリカに来たら？』

未来さんと巡音さんの言葉が、頭の中で延々ループする。

言うまでもなく、これは蓮くんにとって大きなチャンスで。


こんなとき、わたしにできることは――。

わたし、なんて言えば――……。


「と、とにかく！　時間もないですし、新曲のアレンジを着地させましょう」

「そうだね……。鈴ちゃん、キーボードはどうしたい？」

突然《とつぜん》ボールが回ってきて、わたしはとっさに表情をつくれなかった。

蓮くんと未来さんが、心配そうにこっちを見ている。


「……あの、そのまえに、お茶でも淹《い》れませんか？」

備え付けの電気ケトルが視界の端《はし》に映っただけの、ただの思い付きだった。

でも蓮くんと未来さんは、息もぴったりにポンッと手を叩《たた》いた。

「おお、さっすが鈴！　なんか足りないと思ったら、それだよそれ」

「そうだね、ちょっと休憩《きゅうけい》しよっか。マカロン、クッキー、ギモーブ、どれがいい？」

「え、なんでそんなに常備してんの？　未来、いくら太りにくい体質だからってさー」

「蓮くんこそ、ちょーっと自分が天然モデル体型だからってさ！　ねえ、鈴ちゃん？」

「……ほんとですよ。女子の敵ですよねっ」


未来さんに加勢すると、蓮くんがわざとらしく泣きマネとかはじめて。

巡音さんがお茶の準備をしながら、しみじみと「もしかして芸人のほうがいいのかしら。事務所紹介《しょうかい》するわよ」なんて言い出して。

部屋中、にぎやかでなごやかな空気に包まれた。


（わたし、ちゃんと笑えてるかな？）

窓際《まどぎわ》には大きなドレッサーがあったけど、最後まで怖《こわ》くてたしかめられなかった。

interlude ‐インタールード‐

蓮くんと鈴ちゃんが帰った部屋は、広くて静かで。

ひさしぶりに「さみしい」って感覚がよみがえってきた。

窓から外を眺《なが》めるけど、暗くて二人の姿は見えない。

なんともいえない表情を浮《う》かべた自分の顔が反射するだけだ。


「瑠花、どうして渡米《とべい》のこと言ったの？」

「あのこたちには、直接言いたいだろうと思ったからよ」

「……ニュースで知られるよりは、そうかもね」

「私からもいいかしら。入院したお父様を見舞《みま》うために、こっちへ戻《もど》って来たのはわかるわ。でも、どうしてわざわざ母校でライブを？　それも新曲まで用意して」

いまさら、その質問？

スケジュール調整に奔走《ほんそう》してくれている間も何も言わなかったのに、どうして？

それが正直な想《おも》いだった。

真意をはかりかねて瑠花を見つめるけど、相手からも探《さぐ》るような視線が返ってくる。


「そうしなきゃいけない気がしたの」


こんなあいまいな答えしか言えないのは、別に何があるというわけじゃない。

私自身、本当のところなんてわかってないだけ。

瑠花もそれは予想済みだったのか、小さな苦笑《くしょう》が返ってきた。


「ところで瑠花——蓮くんのこと、本気？」

言うつもりはなかったのに、ぽろっと口からこぼれた。

自分でも驚《おどろ》いて、やっちゃったと頭を抱《かか》えそうになる。

「本気よ」

瑠花の声は、何かの判決のようにズシンと重たく響《ひび》いた。

「正確には『蓮くんの才能に』本気よ」

私はなぜか重苦しい気持ちになって、押し殺すようにため息をもらした。

たぶん私は——あの頃《ころ》の自分と同じ選択《せんたく》を迫《せま》られる蓮くんを、そばで見ているのが苦しいのだ。

それからはもう、いつも通りだった。

明日のスケジュールの再確認《さいかくにん》をして、瑠花が隣《となり》の部屋に帰っていく。

湯船に浸《つ》かって、筋トレとストレッチをして、そのままベッドに横になる。

普段《ふだん》と違《ちが》うのは、すぐにまぶたが落ちてきたこと。

そして、ずいぶんひさしぶりに夢を見た。

（あ、これは夢だ……）

そうと気づけたのは、蓮くんと自分がいたから。

三年前の夏祭りでの光景が、映画のように流れている。

うぬぼれているみたいだけど。

蓮くんは、私を慕《した》ってくれていたんだと思う。

当時の彼は外見も仔犬《こいぬ》みたいだったから、中学の友だちとすれ違うたびに「お散歩ですか」なんて言ってからかわれていたのを覚えてる。

それくらい、いつもまっすぐに私へと駆《か》けてきてくれた。

私も弟ができたみたいでうれしかったし、何より心強かった。

あの頃の私を支えてくれたのは、間違《まちが》いなく蓮くんの笑顔《えがお》だった。

私の家は、もの心つく頃には「家庭内離婚《りこん》」っていうような状況《じょうきょう》で……。
そんな両親にとって、私がスカウトされたことがトリガーになった。
瑠花が大手音楽事務所の人だと知ってから、急に親権争いがはじまったのだ。

デビューに向けて、曲を作りためなきゃいけない大事な時期。
家には避難《ひなん》場所さえなくなって、私は日が暮れるまで外にいるようになった。

引っ越《こ》してきてもうすぐ一ヶ月ってときに、お気に入りの場所ができた。
住宅街と公園を結ぶ、小さな歩道橋。
夕方になれば人通りもほとんどなくなるから、歌をうたうのにちょうどよくて。
軽音部の練習が終わったあとは、真っ先にそこに向かうようになっていた。

（そこで蓮くんに出会ったんだよね）
最初は、ただ横を通り過ぎただけだった。
歩道橋には先に蓮くんがいて、私は少し残念に思いながら公園に抜《ぬ》けようとした。
すれ違いざま、何気なく視線を送ると、蓮くんは目が真っ赤で。

彼も泣きに来てるんだって気がついた。

『行ってみようかな、文化祭……』

『文化祭なら、逢坂学園はどう？』

はじめて話しかけたときのことは、昨日のことみたいに覚えてる。

実は声をかける前から「加賀美蓮くん」だって確信していた。

「歩道橋の彼」がずっと心の中でひっかかっていて、海斗先輩《せんぱい》にぽろっとこぼしたら、いろんな情報の断片《だんぺん》から、蓮くんじゃないかって話になって。

『まず未来にメールして、それから蓮にも送ってみるよ。それに反応したら本人だ』

そして海斗先輩の言う通り、私は蓮くんと出会った。

あとはもう、あっという間で。

文化祭のライブに来てくれて、友だちになれて。

冬が過ぎて、春がきて――。

夏が来る前に、私は音楽の道を歩いていくことを決めた。
蓮くんにも告げず、たった一人で。

瑠花に見いだされた途端《とたん》、音楽以外のことが意識から抜けていった。
まだ不安定な「弟」を突《つ》き放すとわかっていても、そばにはいられなかった。
いつ言おうか迷ってるうちに、最後の最後まで黙《だま》ってた。

もっと上手《うま》く、傷つけない方法は、いくらでもあったと思う。
結局私は、自分が一番かわいかったんだ。
音楽に没頭《ぼっとう》することで、救われたがってた。

しばらくして、蓮くんからPCのアドレス宛《あ》てに一通のメールが届いた。
添付《てんぷ》ファイルのタイトルは『RE：泣キ虫カレシ』。

震《ふる》える指でクリックすると、スピーカーからは返事が流れてきて……。

「ありがと」

その言葉を繰《く》り返し聴《き》いて、聴いて……。

私はもうふりかえらないって決めた。

翌朝、めずらしく瑠花の運転する車に音楽がかけられていた。

それも、私以外の曲が。

「……蓮くんのやつだよね。この前も聴いてなかった？」

信号待ちになったのを見て、運転席に声をかける。

「デモテープを聴いて会いたいと思ったのは、あなた以来よ」

後部座席からルームミラーに映る瑠花の表情は、いまにも鼻歌をうたいだしそうだった。

「直接会って、生の声を聴いて、確信したわ。加賀美蓮、あの子は化けるわよ」

「……瑠花の気持ちもわかる。でも……少し急ぎすぎてない？」

「そういうあなたは、十八でデビューしたわよね」

イヤミもなくさらりと言う瑠花は、さすがデキル女って感じ。

プロとしての覚悟《かくご》とか、誇《ほこ》りとか、私に教えてくれたのも彼女だ。

マネージャーとして、そして敏腕《びんわん》プロデューサーとして。

瑠花の音楽を聴き分ける耳も嗅覚《きゅうかく》も信じてるし、私も蓮くんの歌にはドキドキする。

可能性がつまった、まぶしい音だ。

「でも……」

言葉の続きが見つからなくて、視線が下がる。

どうしてこんなに気が重いんだろう。

鈴ちゃんと一緒《いっしょ》に笑う、蓮くんの笑顔が頭をよぎる——。

「答えを出すのは、あなたじゃなく、加賀美くんよ」

瑠花の言葉に、私は座席に深くしずみこんだ。

❤ ✦ ❤ ✦ ❤

わたしたちが新曲のアレンジを終え、未来さんのホテルの部屋を出る頃《ころ》には、外はすっかり暗くなっていた。

(今日は半袖《はんそで》だと少し肌寒《はだざむ》いな……)

南の空には、秋の大四辺形が見える。

夏休みに蓮くんと見上げた星空とは微妙《びみょう》に違《ちが》う。

『どうかしら加賀美くん、いっそ未来とアメリカに来たら？』

わたしの耳には、ずっと巡音さんの言葉が焼き付いている。

(蓮くん、いま何考えてるんだろう)

さっきからずっと黙ったまま、付かず離《はな》れずの距離《きょり》で横を歩いている。

時折視線を感じるから、会話のタイミングをはかってるんだろうなって思う。

（でも、もう……わたしは待てそうにないや）

「決めた！　わたし、地元に残って、お菓子《かし》の道を究《きわ》める！」

居心地《いごこち》の悪い空気を吹《ふ》き飛ばすように、意識して明るく言った。

「……え？　鈴、どうしたの急に」

「さっきのね、未来さんと蓮くんの話を聞いてて思ったの。わたしも、自分にできることを究めていきたいなって。だから……」

まだ肝心《かんじん》なことが残ってるのに、声が震えた。

ぎゅっと手をにぎりしめ、深呼吸する。

「だから、それぞれの道を行こう」

「………オレ、遠恋《えんれん》とかヤだ！　絶対ムリ、泣いちゃう！」

「やってみる前から言わないの」

笑って流そうとふざけてくる蓮くんに、ちゃんと伝えたくて。

わたしは蓮くんの目をじっと見つめた。

「だいたいさ、わたしたちまだ十七歳だよ？　これからいろんなことがあるだろうし、先のことなんてわからないじゃん。わたし、蓮くんには、音楽の夢をかなえてほしいんだ」

今ので蓮くんにも、わたしが本気で言ってるんだって伝わったらしい。

もうまぜっかえすことはできないと思ったのか、しばらく言葉を探していた。

「――――オレは、鈴を信じてる」

どういう意味か、すぐにはわからなかった。

いつのまにか足は止まっていて、星を背負う蓮くんをぼう然と見上げる。

「だから鈴も、オレを信じて」

わたしの何を信じてるの？

蓮くんの何を信じればいいの？

とうとう聞きだせないまま、その日も駅前で別れた。

背中に、蓮くんの視線を感じながら。

3

あの初音未来が、アメリカに行く――――。

オレと鈴が直接本人から聞いた翌日、正式発表を聞いた逢坂はすごい騒《さわ》ぎだった。

いや、ウチだけじゃない。テレビでもネットでも騒がれてて、その流れで文化祭ライブの話題も取り上げられる形になっていた。

チケットはとっくにソールドアウトしてるのに、職員室の電話がジャンジャン鳴り響《ひび》いてるらしい。そもそも招待券がないと学校の敷地《しきち》にだって入れないようになってるから、物騒《ぶっそう》な書きこみも目に入ってくる。

（騒ぎになるってわかってただろうに、なんでこのタイミングで発表したんだ？）

答えはたぶん、巡音さんのあの言葉だ。

奏音と買い出しから戻《もど》ると、視聴覚《しちょうかく》室に鈴の姿がなくて。

不思議に思っているところに巡音さんから電話があった。

「は？　未来とデート中？」

「大丈夫《だいじょうぶ》よ、未来は変装してるから」

「や、そういう問題じゃ……。もう文化祭まで日がないのに、何やってるんですか」

「だからよ。文化祭のあと、長期の仕事が控《ひか》えてるの。その前に故郷を自由に歩かせてあげたかったし、何よりお父様のことがね……」

未来の家が離婚《りこん》係争中なのは、すでにワイドショーが報じていたから知っている。

いよいよ離婚が決まったのかと思ったら、斜《なな》め上の事実が投げこまれた。

「いま入院中で、もう余命いくばくもない状態なんですって」

「……い、おい……おい！　蓮、聞いてんのか？」

プールから上がったみたいに、いきなり音が戻ってきた。

ガタンッとイスを揺《ゆ》らして、オレは声の主を見る。

「……あ、奏音か……」

「なんだ、そのまぬけ面《づら》。寝不足《ねぶそく》でぼんやりしてましたって？」

「本番前日だしね。今回はゲストもいるし、多少緊張《きんちょう》はしてるよ」

「なあ、ハッキリ言えよ。この状況《じょうきょう》、さすがにヤバイと思ってんだろ？」

プログラム曲は完璧《かんぺき》だった。

メンバーとのリハーサルは今日までに充分《じゅうぶん》重ねてきたし、納得《なっとく》もいってる。

（問題は、新曲なんだよな……）

結論から言えば、鈴は降りた。

一昨日《おととい》、未来が泊《と》まるホテルからの帰り道。

『それぞれの道を行こう』

そして昨日、新曲を演奏する直前。

『未来さんと蓮くんがうたってるのを、客席から観《み》たい』

オレからすれば、一方的すぎる宣言だった。

いくら引き止めても、首を縦にふってくれなくて。

「打つ手なし、かなぁ」

「おまえ、それ本気で言ってるのか?」

「だってさー。可愛《かわい》く見えても、鈴って意外と頑固《がんこ》よ?」

「アホか!」

「いってええええええ!?」

罵倒《ばとう》と共に、ゴンッと拳《こぶし》が頭上にふってきた。

これヤバくね？　目がチカチカする……。

「音崎の気持ちも考えてやれよ。ウワサ、俺のとこまで聞こえてきてるんだぞ」

涙目《なみだめ》になりながら奏音をにらむと、もっと怖《こわ》い顔がこっちを見ていた。

奏音が言うウワサ、その発生源はわかってる。

さんざん鈴をイジメてくれた、自称《じしょう》加賀美蓮の親衛隊さんたちだ。

未来と一緒《いっしょ》にオレがライブするのを聞いて、勝手に物語ができちゃったらしい。

いわく、復縁《ふくえん》したとかなんとか。

「音崎はさ、このまま身を引くつもりなんじゃないのか？　いいのかよ」

「……そんなんじゃないよ」

「って、本人が言ったのか？　どっちにしろ、迎《むか》えに行ってやれって」

奏音が心配してくれてるのはわかる。

もちろんオレだって、この状況をなんとも思ってないわけじゃない。

(だけど、オレは……)

「オレは鈴を信じてる」

「……いや、うん、そこは疑ってないって。けど、状況が状況だろ？　音崎にしても、一度言ったことを撤回《てっかい》しにくいと思う」

「それじゃダメなんだ」

きっぱりと言うオレに、奏音はけげんそうに眉《まゆ》をひそめる。

「あくまでも、音崎から来いって言いたいのか？」

「やさしい言葉をかけることは簡単だけど、それじゃ意味がないと思う。ここを乗り越《こ》えられなきゃ、オレたちはきっと……この先、またダメになる」

お互《たが》いに自分の夢と向きあっていくなら、遠からず離《はな》れることになる。

それが物理的な距離《きょり》だけなのか、心も離れてしまうのか、ここが分岐点《ぶんきてん》なんだ。

「あっそ。お節介《せっかい》焼いて損した」

コキッと首を鳴らして、親友はさっさと席を立ってしまう。

「……自分で言うなって話だけど、いまので納得できちゃうわけ？」

「ちゃんと先のことも考えてんなら、悪いようにはならないだろ」

「うーわー、そのドヤ顔がムカつくわー」

「言ってろ、バカ」

ひとしきり笑いあってから、奏音がベースの入ったケースを持ちあげる。

「んじゃ、行くわ」

「……さんきゅーな」

聞こえるか聞こえないかのボリュームで、遠ざかる背中につぶやいた。

ふりかえりはしなかったけど、手がひらひらとふられて。

オレはひとつ、深く息をついた。

（……ギターのチューニングでもしますかね）

ガラッ！

重い腰《こし》をあげた瞬間《しゅんかん》、狙《ねら》ったようにドアが開け放たれた。

反射的にふりかえると、そこには焦《あせ》った顔の未来が一人で立っていた。

「巡音さんは？　また一人でお忍《しの》び？」

「鈴ちゃん、新曲はうたわないってことになったの？」

さすが元逢坂生。未来は勝手知ったるなんとやらで、ためらいなく視聴覚室《しちょうかく》に入ってきた。

まっすぐにオレの前まで来て、鋭《するど》い視線で見上げられる。

「さっきそこで、弦巻くんに聞いた。……どうして？」

「……報告が遅《おく》れたのはゴメン。ただ、言い訳させてもらうと」

「当日まで鈴ちゃんを待ちたいって言うんでしょ？　それはいいの、私も同じだし」

オレの思考回路なんてお見通しで、未来に余計な言葉は必要なかった。

（その居心地《いごこち》の良さに、ずっと甘えてたんだよな……）

言葉にしなくても、態度で示さなくてもわかってもらえる。

理想の関係にも思えるけど、一歩間違《まちが》えれば諸刃《もろは》の剣《つるぎ》になりかねない。

「鈴ちゃんと、何かあった……？」

「鈴なら大丈夫《だいじょうぶ》だよ」

「ほんとう……？」

「……それよりオレさ、未来に聞きたいこと、あるんだ」

声のトーンが変わったことに気がついたらしく、未来は目をまたたいた。

瞳《ひとみ》には、戸惑《とまど》ったような色が浮《う》かんでいる。

巡音さんに未来の父親の話を聞いてから、ずっと考えてた。

どうするのが未来にとって一番いいのか、オレは何ができるのか。

三年前もいまも、オレには一切《いっさい》、家の事情を話さなかった未来。

彼女の選択《せんたく》の意味がわからないほど、もうこどもじゃない。

だから、無理に聞き出すつもりはない。

それでも、何か力になれるなら……。

「あのさ、未来……。大丈夫？　無理してない？」

「……どうしたの、急に」

イエスともノーとも答えない未来に、オレはやっぱりと内心ため息をつく。

気づいてしまえば、いろんなものが一気にクリアに見えてくる。

(未来はずっとこうやって、一人で無理してたんだ)

「もうあのときのオレじゃないから、だからちょっとは頼《たよ》ってよ」

何も言わなかったけど。

オレの言葉に、未来の澄《す》んだ瞳が揺《ゆ》れた。

目をそらさずじっと見つめ返すと、ますます波立つのがわかった。

泣くのをこらえているようにも見える。

「――三年前だって、蓮くんは私の音楽を支えてくれてたよ」

たっぷりと、言葉を選ぶようにして、未来が言う。

それは予想もしなかった答えで、オレは冗談《じょうだん》じゃなく息が止まった。

「私自身も、表では年上ぶって……。裏では、わからないようにもたれかかってた」

「……未来、それは違《ちが》うよ」

「違わない」

きっぱりと言い切り、もうこの話はおしまいとばかりに未来は笑った。

そして、深呼吸するみたいに息を吸い込んだ。

「蓮くん、もし……もしもね、瑠花がアメリカに連れていきたいって、正式に申し込んできたら……どう思う？」

未来はまっすぐに俺を見つめて言った。

「すっごくうれしい」

未来は真意を探《さぐ》るかのように、じっとオレを見ている。

その瞳は、少し揺れていた。

いつもぶれない未来。

強い未来。

そんな未来が今はなぜか、少しあどけなく見える。

「すっごくうれしい、けど……今は行けない」

「どうして?」

「鈴と離れたくないんだ。オレの音楽を支えてくれているのは、鈴だから」

未来が小さく息をのむ音が聞こえた。

澄んだ瞳はオレの中に何かを見つけたのか、やがてそっと視線が外れた。

「すごいな……。本当にすごい。蓮くんも鈴ちゃんも、まぶしすぎる」

一瞬《いっしゅん》、未来が泣いてるのかと思った。

だけど再び顔をあげたとき、未来は太陽みたいな笑《え》みを浮かべていた。

「いまは少しすれ違ってて、以前のオレなら、みっともなくあたふたしてたと思う。でも、信じてるから。あいつはきっとオレの気持ちをわかってくれるって、そう信じてる」

「私も、ふたりを信じてる」

深い意味はなかったと思う。

未来も自覚していないくらい。

けど、たしかに彼女の指は、長い髪《かみ》をくるくると巻きつけていて。

（……そういうクセも変わってないんだな……）

未来は、泣き虫のオレの横で、自分の弱音は吐《は》かず、いつも笑顔だった。

それでも不安なときとか、元気がないときは、少しだけサインが出る。

オレはいろんな想《おも》いごと、いまは見下ろせるようになった未来を抱《だ》き寄せた。

「……蓮くん？」

すぐ近くで、未来の声が聞こえる。

「オレさ、未来には甘えてばっかで、支えてもらってばっかで……。だから未来のことがスキだっていうのも、憧《あこが》れとかそういうのだったのかなって思ったんだ」

「……うん」

「でもやっぱ、あれがオレの初恋《はつこい》だったと思う」

「……うん」

「これからは泣き虫カレシとしてじゃなく、大事な友だちとして応援《おうえん》してる」

未来は何度か深呼吸して。

笑顔で、こう言った。

「ありがと」

（……蓮くんのこと……困らせてるかな……）

蓮くんの説得を最後まで受け入れず、視聴覚室《しちょうかく》を出たのが一時間前。
その間に家庭科部へ顔を出したけど、塩と砂糖を間違《まちが》えて追い出されてしまった。

♥ ✧ ♥ ✧ ♥

とぼとぼと渡《わた》り廊下《ろうか》を歩きながら、このあとのことを考える。
クラスの展示はとっくに準備が調《ととの》っていて、あとはもう当日を迎《むか》えるだけ。
部活も、少なくともいまはできることがない状態だ。

蓮くんを困らせたくない。
でも、未来さんと蓮くんのステージは、客席で聴《き》いていたい――。
この気持ちを、わかってほしかった。

いつでも、いつまでも、蓮くんの横にぴったりくっついていてはいけない。
蓮くんを本当に想うなら、蓮くんの夢を一番に考えていたい。

そのための準備を、ちゃんとしておきたかった。

二人の音楽を客席から聴くっていうのは、そういうわたしの「覚悟《かくご》」だった。

ただ、こういう状況《じょうきょう》になって痛感する。

(わたし、自分で思ってるより音楽が好きだったんだなぁ)

もっといえば、蓮くんたちとのバンドが楽しくて仕方がない。

音楽教室で一人ピアノを弾《ひ》いていたときより、いまのほうがずっとずっと心が弾《はず》んでる。


『これで終わりね泣かないの』


文化祭の準備で騒《さわ》がしい空気を縫《ぬ》って、透《す》き通った声が鼓膜《こまく》を揺《ゆ》らした。

口笛みたいな、内緒話《ないしょばなし》みたいな、それくらいの音量で。

なのに、たしかに、わたしまで届いた。

周囲を見渡《みわた》すと、未来さんが中庭の隅《すみ》にたたずんでいた。

花壇《かだん》に隠《かく》れてるから、人目につかずに済んでるみたいだけど……。

（アメリカに行くって聞いてから、みんなの未来さん熱がヒートアップしてるんだよね）

そばに巡音さんの姿もないし、在校生に見つかったら明日のライブどころじゃない。


「未来さん、場所移りましょう」

できるだけ目立たないように駆《か》け寄り、わたしは彼女の手を取った。

半ば無理やりひっぱるようにして、職員室に緊急避難《きんきゅうひなん》する。


「……鈴ちゃん、少し話せるかな」

少し硬《かた》い表情を向けられてハッとする。

たぶん、というか間違いなく、新曲のことだ。


わたしがコクンとうなずくと、未来さんは先生たちに何か相談に行って。

五分もしないうちに、カーテンを閉め切った応接室へと案内されたのだった。

ソファーに深く沈《しず》まないよう、わたしは端《はじ》っこに腰《こし》をおろした。

正面には未来さんが、同じように浅く腰かけている。

「明日のライブで、新曲をうたわないって本当？」

「………はい」

未来さんには直接言わなくちゃと思ってたけど、連絡《れんらく》手段がなくて。

蓮くんや芽衣子先生から伝わるだろうからなんて、そんな風にも思ってて。

言い訳ばかりが頭に浮《う》かんで、たまらず視線を落とした。

「鈴ちゃんあのね、問い詰《つ》めたくて来たわけじゃないの。ただ……私の話を聞いてほしくて」

思いがけない言葉に、わたしはコクリとうなずいていた。

「前に鈴ちゃん、何で二人は別れちゃったのかって聞いてきたでしょ？」

「あっ……。すみませんでした」

ぶしつけな質問を謝るわたしを、未来さんが首を振《ふ》って制する。

「私は昔、蓮くんを置いてきぼりにしちゃったの。それも、一方的に。なのに蓮くんは『ありがとう』って言って、見送ってくれた」

「ありがとう――……」

「当時はすごくうれしかったけど……でもね、再会して改めて思ったの。信じてるよって言われるほうが、ずっと幸せなんだなって」

一瞬《いっしゅん》、蓮くんの言葉とシンクロした。

蓮くんがわたしに伝えた言葉。

まだわたしの心で消化できていない言葉。

「デビューするために上京する……。あの頃《ころ》の私は、何かを捨てて、何かを得るとか、そんな風に考えちゃってたな。勇み足になってたっていうか」

「でも本当は、そうじゃない。信じるっていう勇気が、ただ持てなかっただけなの」

深い深い音だった。

いろんな感情がとけあって、わたしの鼓膜を揺さぶった。

心の中で、何かがとけ出していくのを感じる。

未来さんの言葉は、わたしに何か大切なことを伝えている――。

『オレは、鈴を信じてる。だから鈴も、オレを信じて』

あの時の蓮くんの言葉が、いまはじめて心にしみこんでいく。

床《ゆか》をにらみつけるようにして、こみあげてくる涙《なみだ》を必死にのみこむ。

だからいま、未来さんがどんな顔をしてるのかはわからない。

でも、聞こえてくる声はどこまでもおだやかだった。

まるで、本音だけを乗せたような。

「誰《だれ》かを信じるって難しい。苦しいこともつらいことも、時には痛みさえ伴《ともな》うものだから」

「でもね、私、さっき知ったの。今日も明日も、その先もずっと一緒《いっしょ》に歩いていこうって決めて、貫《つらぬ》き通すのって、素敵《すてき》なことだなって。だからもし、次に私が恋《こい》をしたら……信じる勇気を持とうって」

「一期《いちご》一会《いちえ》って言葉があるみたいに、出会いと別れは人生につきものじゃない？　だから、サヨナラばっかりがクローズアップされちゃうけど……。サヨナラから学ぶことも、あるんだよね」

気がつけば、わたしは顔をあげていて。

未来さんをじっと見つめていた。

未来さんもわたしを見つめ返してくれていて。

最後に、いつもの笑顔《えがお》を浮かべた。

「ついさっきね、新曲のタイトルが決まったんだ」

静かな、だけど決意を感じさせる声に、わたしは自然と背筋がのびる。

未来さんが紡《つむ》いだのは、とても素敵な「本音」だった。

「どうかな？　『ハジマリノサヨナラ』っていうの」

一階の応接室から、最上階の視聴覚室《しちょうかく》へ。
わたしはひたすらに駆け上がった。
まだ帰らないでって、メール一通、電話一本すればいいんだろうけど。
一分一秒でも速く、ありのままの気持ちを自分の声で伝えたかった。
勢いよくドアを開け放つと、まだ蓮くんが残ってくれていた。
わたしの姿を見て、太陽みたいに笑いかけてくれる。
「鈴なら来るって信じてた」

「……ごめん……蓮くん、ごめん」

肩《かた》で息をしているから、途切《とぎ》れ途切れになってしまう。

それでも蓮くんにはちゃんと伝わっていて。

光を多く含《ふく》んだ瞳《ひとみ》が、笑いかけてる。


一歩ずつ、蓮くんが近づいてくる。

わたしも一歩ずつ、前に進んだ。


すぐ目の前まで距離《きょり》が縮まって……。

どちらからともなく手が伸《の》びて、お互《たが》いを抱《だ》きしめた。


「さっきね、未来さんと約束してきたの」

「……うん」

「わたしにも新曲を一緒に歌わせてくださいって」

「……うん」

お互いの心臓の音を感じながら、わたしは決意を打ち明けていく。
蓮くんはますます腕《うで》の力を強くして、ふるえる声でうなずいてくれる。

「あの歌で、未来さんを送りだそう？」

サヨナラするためじゃない。
また会おうねって、約束するために。

初日はあいにくの天気になったけど、二日目の今日は快晴だった。
過去最多の来場者たちが、今年も中庭に設営されたステージをぐるりと取り囲む。
輪の外には、チケットを手に入れられなかったらしい保護者に、先生たちの姿もあった。
逃《に》げ場のない熱気が、ジリジリとステージ裏まで届いてくる。

「予想はしてたけど、すごい人の数だね……」

そわそわと落ち着かなくて、何度もキーボードのセッティングをたしかめてしまう。

ひとつまえのダンス部が流す軽快な音楽も、ほとんど耳に入ってこない。

「あっれー？　なになに鈴ちゃん、もしかして緊張《きんちょう》しちゃってる？」

「……まあ、それなりに」

「そっか、でも大丈夫《だいじょうぶ》！　っていうか、取り越し苦労《こぐろう》？　あのお客さんたちは、逢坂学園の王子こと加賀美蓮を見に来てるんだからさっ☆」

「……蓮くん……いまさらそのキャラ、ムリがあるよ」

「わあああ⁉　待って、話し合えばわかるから！　めちゃくちゃ冷静にツッコまれると、ホントいたたまれないから！　そのあわれむような視線も止《や》めてええええええ」

「「うるさい、うざい」」

え？　いま、声がかぶった？

パッとふりかえると、そこには衣装《いしょう》に身を包んだ未来さんがいた。

うたう前なのに、オーラがハンパない。

せわしなく動いていたスタッフたちも、みんなピタッと手が止まっている。

わたしは迷うことなく走り寄り、勢いよくお辞儀《じぎ》した。

ありったけの感謝の気持ちをこめて。

「えっ、鈴ちゃん⁉　やだ、頭をあげて」

「未来さん！　本当に、本当にありがとうございます」

言いながら、涙《なみだ》があふれてくる。

未来さんはそっと指でぬぐってくれて、とびきりの笑顔《えがお》を弾《はじ》けさせた。

「お礼を言うのは早いんじゃない？　みんなで最高のステージにしようね！」

❤ ✧ ❤ ✧ ❤

ステージの上にいると、まるで海に漂《ただよ》っているみたいな気持ちになる。

でも、心細いのは最初だけ。

客席から波が押し寄せてきて、わたしたちを遠くまで運んでくれて。

その波をさらに大きなものにして、ステージから音を届ける。

（もっとずっと、みんなとこうしてたいな）

自然とそんな風に思って、わたしは小さくかぶりをふる。

終わりがあるから、限りがあるからいいんだよね。
今この瞬間《しゅんかん》に集中して、すべてを注ぐ。
その一瞬一瞬《いっしゅんいっしゅん》をつむいでいくことが、生きてくってことなのかもしれない。

あっという間にライブも後半戦。
一際《ひときわ》大きな歓声《かんせい》と拍手《はくしゅ》に包まれ、未来さんがステージに上がってくる。
「ただいま」
未来さんの第一声に、練習でもしたように「おかえり」の声がそろう。
蓮くんもわたしも、マイクから外して思いっきり叫《さけ》んだ。
いつもは淀《よど》みなくMCもこなす未来さんが、めずらしく言葉に詰《つ》まる。

（……未来さん、泣いてる……？）

ここには大型スクリーンなんてないから、客席には見えなかったと思う。

でも斜《なな》め後ろに立つわたしからは、未来さんの頬《ほお》にこぼれた光る粒《つぶ》が見えた。

あったかそうで、どこまでも澄《す》んだ涙だった。

「人生には出会いと別れがたくさんあって、立ち止まることはできないけど……。

でもサヨナラは終わりじゃない、はじまりなんです」

未来さんの言葉に、気がつけば会場はしんと静まり返っていた。

凪《な》いだ海に、新曲の名前が告げられる。

「……今からうたうのは、新曲になります。

聞いてください、『ハジマリノサヨナラ』」

わたしは、今日という日を忘れない。

蓮くんも未来さんも、会場のみんなも、きっと同じだと思う。

『スキキライ』に続く『ハジマリノサヨナラ』っていう神曲がうまれた、この日を。

♥ ✧ ♥ ✧ ♥

巡音さんが車で待っているのが見える。

そうじゃなくても、学校の周りにはマスコミが押し寄せていて。

わたしたちに残された時間は、もうほとんどないことはわかっていた。

（だけど、でも……まだ未来さんと離《はな》れたくないよ……）

「もう鈴ちゃんったら、ずーっと泣きっぱなしなんだから。そんなに泣いてると、体中の水分がなくなって干《ひ》からびちゃうぞ？」

「み、未来さんこそ……」

私と未来さんは別れを惜《お》しみ合って、ぎゅっとお互《たが》いを抱《だ》きしめていた。

蓮くんがうらやましそうな視線を寄こすけど、絶対まぜてあげないんだから！

「……未来さんは、わたしのあこがれです。アメリカに行っても、ずっとずっと応援《おうえん》してますから！　だから、ときどきは日本に帰ってきてくださいね？」

「鈴ちゃん……！　もう、もう！　可愛《かわい》いこと言ってくれるんだから……！」

ライブ中にも負けないテンションの未来さんに、ひしっと抱きしめられた。

それにますます涙腺《るいせん》が刺激《しげき》されて、視界がぼやけてくる。


と、巡音さんがクラクションを鳴らした。

もう本当に時間がないんだ。


「ねえ鈴ちゃん、私がMCで話したこと、覚えてる？」

「……はい」

『人生には出会いと別れがたくさんあって、立ち止まることはできないけど……。

でもサヨナラは終わりじゃない、はじまりなんです』

あの言葉を、わたしは信じてる。

わたしだけじゃない。

未来さんも、そして蓮くんも同じ気持ちだって、いまなら確信が持てる。

「また会えますよね」

「もちろん！　……蓮くんをよろしくね」

最後の一言は、わたしにだけ聞こえるようにささやかれて。

わたしは迷わずに、強くうなずいた。

encore －アンコール－

離陸《りりく》の瞬間《しゅんかん》は、いつまで経《た》っても慣れない。

不安と期待といろんなものがまざって、心が忙《いそが》しいからだと思う。

「ひさしぶりの母校はどうだった？」

隣《となり》に座る瑠花が、ハンカチを手渡《てわた》しながら言った。

それを受け取りながら、私は自分が泣いていることに気がつく。

「……いまさらこんなこと言うのは、図々《ずうずう》しいかもしれないけど……」

続く言葉を口にするのは、少したためらわれた。

たぶん、この涙《なみだ》と同じなのだ。

自分では気づかなかったけど、私は……。

スキとも、つきあおうとも言葉にしたことがない、あいまいな関係だったけど。

蓮くんが「初恋《はつこい》だった」と伝えてくれて、ストンと答えが落ちてきた。

「私、失恋《しつれん》しちゃった」

（……あれ？　なんか、スッキリした……かも？）

口に出したら、なんてことはなくて。

むしろ、ずっと胸につかえていたものがとけだしたような感覚だ。

なんだ、そっか。私、大丈夫《だいじょうぶ》なんだ。

大好きな思い出たちを抱《いだ》いて、大切な未来へと歩いていける。

「……ところで瑠花、まだ蓮くんのことあきらめてないの？」

彼女の手元のファイルに、とある企画書《きかくしょ》のひな形が見える。

あくまでも内部資料なのかラフなものだったけど、そこには加賀美蓮の名前が躍《おど》っていた。

(こうなった瑠花は、誰《だれ》にも止められないからなぁ……)

今度日本に帰国するときは、事務所の先輩後輩《せんぱいこうはい》になっているのかもしれない。

(それもちょっといいかも、なんてね)


「行ってきます」

みんなに、過去の自分に別れを告げ、私は新しいステージへと飛びたった。

♥ ✦ ♥ ✦ ♥

「あれが未来さんの乗ってる飛行機かな」

放課後の視聴覚室《しちょうかく》で、わたしと蓮くんは並んで窓の外を眺《なが》めている。

文化祭が終わり、高三のわたしたちは受験ムード一色になった。

そんな中でも蓮くんは変わらず部活に精を出していて。

ただし、それは――いまだけ許された、特別な時間。

「蓮くん、わたしね……願書出してきたよ」

飛行機が見えなくなってから、わたしは蓮くんに向き直った。

大事な決意を伝えるために。

「来年の春は、一緒《いっしょ》に東京に行こう」

「鈴!?　それって――……」

「わたしはお菓子《かし》の道を究《きわ》める。それで、蓮くんの横で、ずっと蓮くんの歌を聴《き》いていたい」

蓮くんの見開いた瞳《ひとみ》は揺《ゆ》れていて、それからふっと伏《ふ》せられた。

心臓が痛いくらいに鳴る中、蓮くんの口元に笑《え》みが浮《う》かんで。

わたしは、わたしたちは、乗り越《こ》えられたんだとわかる。

「鈴なら来るって信じてた」

「……信じてくれて、ありがと」

夕陽《ゆうひ》に染まる部屋で、わたしたちの影《かげ》が重なった。

ハニワ家の人々
吉田さん
shito
Gom
海賊王
ヤマコ
ろこる
まんが／ヤマコ
「スキキライ」小説化
ありがとうございます！
キュンキュン楽しんで
もらえましたか？
通称：ハニワ
ここでは
楽曲・動画制作チーム
HoneyWorksに
ついて紹介するよ！
ハニワ結成前
ふぁ!?
初ボカロオリジナル曲の
イラスト制作依頼!?
スカイプで連絡？
スカイプって何!?
ヤマコ
ズーンズン
ズジャーン
YEAH!!
Gom
Shito
あんな
バンドマン達が
作る曲って…
一体どんな
ロック曲
なんだろう…

泣キ虫カレシ
!?
まさかのバラード来た
こーれーで 終わ〜りぃね〜
思ってたのと違う……!
PVイラストの話し合いにて
この歌詞の場所は夕方の歩道橋でお互い背を向けて歩いていく感じ
あっじゃぁ画像で言うと右と左に別れていく…?
いや違う!左の上と下に別れて下はそのままで上だけ歩いていく感じで!
??
こっちの場所は駅で笑いながら泣いてて光がスサァ――ってなってブワァ――っとさせよう!
???
予想以上のこだわり……
あ…涙を拭うのは人差し指じゃなくて親指にしようで、アングルはもっと右からで…
??
ピコーン
画:Gom
つまりこんな感じ
!?
ぶふぉ
目つぶしや…
あ…ありがとうございます
そうして無事完成

次曲 スキキライ
!?
今度はかわいいの来た!
ミルクとパンダは
シ〜ロ〜クマで
やっぱり思ってたのと違う……!
キリッ
やっぱりこの2人であの曲と歌詞を考えているとは思えない…
だが今現在
ここでセリフ!
「好きなの」
「好きでたまらないの」
ふむ…その時の表情はこうで…
この子はここで「ふえぇ」って言わそう
大人3人、10代少女の気持ちになりきって制作
新メンバーも加わったハニワ5人!
これからも楽しく活動していきます!
イラスト担当
ろこる
ギター担当
海賊王
ハニワ家アイドル
トイプードルの
吉田もいるよ!
これからもヨロシクね!
end

Honeyworksメンバー♪

コメントコーナー

Comment

ゴム

スキキライ小説化!
ありがとうございます!

恋をする事は苦しいです
曲を書く事も苦しいです
でも好きなんです
よろぴくネ♡

☆ゴム

スキキライ小説化ありがとう
ございます。
少しでもキュンキュンしてもらえたら
嬉しいな♡

しと。

☆使徒

ヤマコ
スキキライ
小説化ありがとうございました!!
「キュンキュン」も「切ない」も
楽しんで頂けたら嬉しいです!
青春ってイイなぁ…!
ヤマコ
海賊王
ありがとうございます
よろしくー!!
海賊王

ろこる
小説化おめでとうございます!!
スキキライのボカロオリジナルが投稿されたのは、私がまさかHoneyWorksのメンバーになるだなんて夢にも思っていなかった中学3年生の冬の事…！
かわいいし、おもしろい！そんでもってイラストもすげぇ!!と、友達とめにめた
きゅんきゅんしながら聴いていたのを、今でも覚えています。
そんなハニワファンになるきっかけでもあったスキキライが小説化すると聞いて、
すごくすごく楽しみにしていたのですが、
まさか、イラストという形で自分も携わる事が出来るなんて…!!!!
本当に嬉しい気持ちでいっぱいです、ありがとうございます！
あらためて、小説化おめでとうございます!!!
ろこる

お祝いコメント

スキキライ♡
小説化と
おめでとうございます。
スキキライ!!!
動画がアップされた時
めちゃくちゃヘビロテしてたくらい
大好きなので小説化 本当に
嬉しいです!! 本当に
おめでとうございました(´∀`)/
モゲラッタ

☆モゲラッタさん

めでたいっ!!
のぜー!!
ゲロ

☆GEROさん

「スキキライ」の感想をお寄せください。
おたよりのあて先
〒102-8078 東京都千代田区富士見1-8-19
株式会社KADOKAWA 角川ビーンズ文庫編集部気付
「HoneyWorks」・「藤谷燈子」先生・「ヤマコ」先生
また、編集部へのご意見ご希望は、同じ住所で「ビーンズ文庫編集部」
までお寄せください。

スキキライ

原案／HoneyWorks 著／藤谷燈子《ふじたにとうこ》

角川ビーンズ文庫 BB501-1 18184

平成25年10月1日 初版発行
平成26年3月30日 6版発行

発行者――山下直久
発行所――株式会社KADOKAWA
東京都千代田区富士見2-13-3
電話(03)3238-8521(営業)
〒102-8177
http://www.kadokawa.co.jp/
編 集――角川書店
東京都千代田区富士見1-8-19
電話(03)3238-8506(編集部)
〒102-8078
印刷所――旭印刷 製本所――本間製本
装幀者――micro fish

ISBN978-4-04-101029-7 C0193 定価はカバーに明記してあります。

角川
ビーンズ
文庫
コチラもヨロシク!!
HoneyWorksが贈る
大人気の学園胸キュンソングが
ついに小説化!!
イラスト/ヤマコ
『告白予行練習』
来春発売予定!!